KB007333

# 손톱이

# 송동이

초판 1쇄 인쇄 2022년 12월 05일
초판 1쇄 발행 2022년 12월 16일

지은이 · 김동인

펴낸이 · 김하늘
편 집 · 김하연
디자인 · design ME
제 작 · 영신사

펴낸곳 · 아미고 | 출판등록 · 2020년 12월 8일 (제2020-000022호)
주 소 · 경기도 시흥시 해송십리로472-54, 106-1701
전 화 · 070-7818-4108 | 팩스 · 031-624-3108
이메일 · amigo_day@daum.net



• 책값은 뒤표지에 있습니다.
• 파본은 구입하신 서점에서 교환해드립니다.

ISBN 979-11-979985-7-7(03810)

Amigo 함께 읽는 즐거움, 함께 읽는 책 친구

| 일러두기 |

- 김동인의 작품 세계를 엿볼수 있는 단편들을 엄선해 수록했다
- 표기는 작품의 원형을 해치지 않는 선에서 현재의 원칙에 따랐다
- 작가의 의도가 담긴 일부 표현, 방언이나 속어, 옛 표기 등은 되도록 원본을 살렸다
- 한자는 작품 이해에 도움이 될 만한 한자는 병기하였다
- 시대상을 반영하는 표현들이 어려울 수 있으나 상상하며 읽는 재미를 위해 따로 각주로 설명하지 않았다

# 송동이

## 김동인 단편집 5

Amigo

# 소설의 숲속에서 거닐 당신을 위하여

신의 플롯은 완벽하다. 우주는 신의 플롯이다.

-에드거 앨런 포(Edgar Allan Poe)-

소설은 숲입니다. '숲'은 '수풀'의 준말이지요. 무성한 나무들이 들어찬 것, 풀과 덩굴이 한데 엉킨 것을 뜻하지요. 숲에는 숲만 있는 게 아닙니다. 온갖 꽃들, 여기저기 나무를 옮겨 타며 쪼르르 달려가는 청설모, 겅중거리며 내달리는 고라니도 있지요. 잠자코 우두커니 버티고 있는 바위와 돌도 있고, 햇살과 달빛이 차례로 내려앉기도 합니다. 숲에 숲만 있는 것이 아닌 것처럼 소설 속에는 줄거리, 구성만 있는 게 아니어서요. 먹먹하거나 코끝이 찡하거나 한동안 아무 말도 할 수 없거나 내면 가득 차오르는 용솟음을 느끼게 됩니다. 어느 한 문장이 오랫동안 영혼의 발목을 붙잡기도 하지요. 그윽한 달빛을 마시는가 하면, 나뭇가지 사이로 스며드는 햇살을 가득 받기도 하지요. 맑은 샘물로 내면의 갈증이 풀어지기도 하고, 명랑하게 흐르는 계곡물을 따라 가랑잎이 되어 떠내려가기도 하지요. 바스락거리는 낙엽 소리에도 놀라 도망가는 사슴, 두 눈을 부라리며 정면을 향해 돌진하는 호랑이, 어린 사자 곁에 머물러 있는 어미 사자이기도 합니다. 저마다의 모습으로 숨 쉬며 다채롭게 모여있는 곳, 그곳이 숲이고 소설입니다.

소설을 읽는 것은 숲을 만나는 것입니다. 숲 안에 살아가는 모든 존재를 만나는 것이지요. 삼라만상을 만나는 것이 바로 소설입니다. 그 안에서 궁극적으로 우리가 만나는 것은 우주를 만든 신의 플롯일 겁니다. 완벽하게 신을 해독한다는 의미가 아닙니다. 그저 신의 옷자락이 마음에 살짝 스치고 지나갈 정도만 해도 엄청난 경험일 겁니다. 그런 체험의 위용은 대단해서 영혼의 지문이 드러나게 되지요. 절대 사라지지 않는 그 각인은 삶의 무늬를 만들어내고, 마음을 채색하게 합니다. 그리하여 어느 날에는 내면에 새겨진 그림을 들여다보며 스스로 감탄하게 되지요. 깊고 넓고 찬란하고 영롱한 갖가지 무늬와 색깔들이 어디에서 비롯되었는지 곰곰이 떠올려보면 바로 '숲'을 상기하게 됩니다. 그렇습니다. 숲!

묵묵히 제 자리를 지키는 나무와 그 나무를 둘러싼 존재들의 만남이 펼쳐지는 숲. 한 편의 소설은 숲을 만나서 숲의 기운이 내면에 스며들게 합니다. 그 기운으로 삶을 살아내게 하지요. 특히 한국 근대 소설은 아름드리나무가 빽빽한 울창한 숲입니다. 폭풍우와 폭설, 땡볕과 무서리를 꿋꿋이 견뎌낸 까닭에 나무는 우람하기 그지없습니다. 지친 마음을 벗어서 걸쳐놓고 웅크렸던 등을 대고 풀밭 위에 누우면, 하얀 구름 징검다리를 딛고 건너오라고 손짓하는 하늘을 만나게 될 겁니다. 그렇게 한참을 하늘과 눈을 마주하다 보면, 옹졸하고 위축된 어깨가 펴지고 고단했던 눈이 생기로 가득하게 되겠지요. 그렇게 하늘 한 사발을 눈빛과 가슴빛으로 들이킨 다음, 별 것 아니라는 듯 삶의 각질을 툭툭 털어버리고 일어나서 걸어가겠지요. 그럴 때 들려오는 천둥 같은 침묵의 울림은 내 영혼이 기지개를 켜는 것이니, 부디 놀라지 마시기 바랍니다.

2022년 9월
심상시치료센터

목 차

# 손동이

송 서방의 아버지도 이 집 하인이었다.

송 서방은 지금 주인의 증조부 시대에 이 집에서 났다. 세 살 적에 아버지를 잃었다. 열 살 적에 어머니를 잃었다. 이리하여 천애의 고아가 된 그는 주인(지금 주인의 증조부)의 몸 심부름을 하기 시작하였다.

그 옛 주인 황 진사는 이 근방의 세력가요 재산가였다. 사내종과 계집종도 많이 있었다. 그러나 송동이의 충직함과(좀 미련한 듯하고도) 영리함은 가장 주인 황 진사의 눈에 들었다. 어린 송동이의 충직스러운 실수에 황 진사는 수염을 쓰다듬으며 웃고 하였다.

송동이는 열여덟 살에 그 집 계집종 춘심이와 눈이 맞아서 마지막에는 둘이서 이 집을 달아나려 하였다. 그러나 그래도 그렇지 못하여 주인 황 진사에게 낱낱이 자백하였다. 황 진사는 웃고 말았다. 그리고 둘을 짝을 지어주었다.

그러는 동안에 어느덧 송동이는 변하여 송 서방이 되었다. 그냥 송동이라고 부르는 사람은 늙은 황 진사뿐이었다.

송 서방이 스물한 살 때에 그는 그의 첫 주인을 잃었다. 황 진사가 세상 떠날 때에 유언으로써 춘심이는 속량되었다. 그리고 깃부衿付로 송 서방에게 산골 밭 사흘갈이가 왔다. 그러나 그는 이 집을 나가려 아니하였다. 자기가 난 집, 자기가 자란 집, 자기가 장가 든 집, 자기 아버지와 어머니가 죽은 집, 그 집을 떠나서는 송 서방은 갈 데가 없었다. 그는 둘째 주인 새 황 진사를 섬겼다.

새 주인도 자기 아버지의 성질을 그대로 타고나서 몹시 인자한 사람이었다. 더구나 송 서방하고는 같이 길러 난 사이였다. 이름은 주인이라 하나 송 서방을 대접하기를 벗과 같이 하였다.

삼십 년이라는 세월이 고요히 지나갔다. 세월은 고요히 지나갔으나, 그동안의 사람과 세상의 변함은 이루 다 말할 수가 없었다. 양반과 상놈이 없어졌다. 각 곳에 학교가 생겼다. 관찰부가 없어지고 도청이 생겼다. 주사가 없어지고 서기가 생겼다. 상놈도 의관을 하였다.

황 진사가 사는 K 읍도 무섭게 변했다. 십 리 밖으로 기차가 지나갔다. 읍내의 군청이 보통학교가 되고, 군청은 따로 집을 짓고 이사 갔다. 모두들 머리를 깎았다. 여인의 삿갓과 장옷도 없어졌다. 여인의 머리로 볼지라도 곱다란 수건이 어떻다고 한동안 방석같이 둥그런 민머리, 그 뒤에는 쪽 비슷한 머리를 한 여학생들이 간간 보였다. 재래의 갓신이라 하는 것은 그 그림자조차 볼 수가 없었다.

이러는 동안에도 황 진사의 집만은 아무 변동도 없었다. 위아래 사람의 상투도 그냥 있었다. 사대째 외꼭지로 내려오는 외아들의 교육도 선생을 따로 데려다가 집 안에서 한학을 가르쳤다. 역시 상놈 보기를 사람 이하로 보았다. 다만 때때로 버릇 모르는 상놈을 잡아다가 볼기를 때리던 일이 없어진 뿐이었다.

세계를 휘돌아서 수만의 목숨을 잡아간 돌림고뿔이 이 K 읍에도 들어왔다. 들어오면서 황 진사를 잡아갔다. 송 서방은 셋째 주인을 섬기게 되었다. 이 셋째 주인은 누가 명명하였는지 모르지만 '황 주사'가 되어버렸다. 그를 그냥 '작은 황 진사님'이라고 부르는 것은 그의 작인이며 아랫사람들뿐이었다. 세상에서는 '주사'라 불렀다.

주사가 들어앉은 뒤에는 이 집에도 큰 변동이 일어났다. 그때 주사는 갓 스무 살이었다. 그는 머리를 깎았다. 삼년상을 겨우 치르고 나서는 공부한다고 서울로 갔다. 겨울에 돌아올 때 그는 양복을 입었다.

그러나 이듬해부터 그는 방탕을 시작한 모양이었다. 어디 커다란 땅이, 동척東拓의 손에 들어갔다가 노마님과 아씨님이 수군거리며 걱정하는 것을 송 서방은 들었다.

그 뒤 얼마 지나지 아니하여 또 어디 땅이 뉘 손에 들어갔단 말을 들었다.

황 주사는 때때로 땅을 처분할 일이 있을 때만 집에 돌아왔지, 그밖에는 대개 서울, 평양 등지에 있었다.

십 년이라는 세월이 또한 흘러갔다.

대대로 몇 대를 이 근방의 재산가요 세력가이던 황 씨의 집안은 볼 나위가 없이 되었다. 토지는 거의 남의 손에 넘어가고, 남은 것이 얼마가 안 되었다. 종들도 모두 팔았다. 집도 사랑채를 따로 떼어 팔고 하여 지금은 노마님의 큰방과 주사의 아내와 어린아이들이 있는 건넌방과, 행랑과, 송 서방의 방, 그밖에는 부엌과 청간廳間뿐이었다.

송 서방에게는 거짓말과 같은 변화였다. 모든 일이 다 머리에 잘 들어박히지 않는 것이 꿈의 일과 같았다.

그러한 기나긴 변천은 많은 세월을 송 서방은 한결같이 충성을 다하여 섬겼다. 지금 주인은 그가 업어 길렀다. 노마님은 그가 장성한 뒤에 시집온 이였다. 아씨는 그가 오십이 넘은 뒤에 이집에 온 사람이었다. 모두가 그에게는 귀여운 사람…… 만약 주종이라 하는 관계만 없으면 아들딸이나 손주와 같이 사랑스러운 사람들이었다.

그것은 온 조선에 가뭄이 심하고 각 곳에 염병이 돌던 해였다.

그해 가을, 가을 해도 거진 서산으로 넘게 되었을 때에 황 주사의 집에 인력거가 한 채 와 닿았다. 그리고 거기서는 무섭게 여윈 황 주사가 내렸다. 얼굴은 선독宣毒과 같이 시뻘겠다.

"나리님."

송 서방은 주인을 알아보고 뛰어나갔다. 황 주사는 머리를 끄떡할 뿐 송 서방의 팔에 쓰러졌다.

"나리님, 어디가……."

"방으로……."

모깃소리와 같은 소리였다. 송 서방은 황급히 주인을 안아다가 건넌방으로 들어 모셨다. 주인은 그 자리에 쓰러져서 그냥 앓기 시작하였다. 그는 무서운 염병에 걸려서 집으로 찾아 들어온 것이었다.

집안은 불끈 뒤집혔다. 춘심이(송 서방의 아내)는 더구나 자기가 업어 기른 주인이라 잠시도 곁을 떠나지를 않고 간호하였다. 그러나 천명은 할 수가 없었다. 집에 돌아온 지 보름 만에 그는 마침내 자기의 선조의 뒤를 따라갔다.

그러나 이것뿐으로 비극은 끝 안 났다. 주인을 간호하던 춘심이도 병에 전염되었다. 그리하여 주인의 장례를 치른 사흘 뒤에 송 서방을 남겨두고 저세상으로 갔다.

집안은 죽은 듯이 고요해졌다.

노마님은 큰방에 꼭 들어박혀서 담뱃대만 연하여 털었다. 아씨도 건넌방에서 나오지를 않았다. 열 살 나는 당주堂主조차 학교에서 돌아와서는 책보를 내던지고 혼자서 뜰을 비슬비슬 돌 뿐이요, 어린애답게 노는 때가 없었다.

집안은 저주받은 집안 같았다. 이 집에 기르던 한 마리의 개조차 낯선 사람을 보면 짖을 생각은 못 하고 꼬리를 끼고 끙끙하면서 부엌 구석으로 들어와 숨곤 하였다.

저녁만 먹으면 모두 자리를 펴고 눕는다. 그러면 캄캄한 이 집안에 건넌방 윗창문 안에만 조그마한 아주까리 등잔불이 보이고 그 안에서는 당주 칠성의 글 외는 소리가 밤하늘에 낭랑히 울려나온다. 이것은 그 쓸쓸한 집안으로 하여금 더욱 처참한 빛이 돌게 하였다. 제각기 이야기하기도 피하였다. 며느리는 사람의 살아가는 도리로서 아침에 잠깐 시어머니의 방에 들어가 뵈는 뿐 서로 한자리에 앉기를 꺼렸다. 송 서방은 이러한 경우에 당연히 주인마님들을 위로하는 것이 그의 직책이겠지만, 그리고 또 그에게 그런 마음은 간절하였지만 그런 자리에 들어서기가 오히려 민망스럽고 거북하였다. 송 서방도 할 수 있는 대로 서로 대면할 기회를 피하였다.

마치 빈집과 같았다. 끼니때만 행랑 사람이 들어와서 밥을 짓고는 곧 나가고, 그때부터 뜰에는 사람의 그림자 하나 얼씬 안 했다. 그러다가 오후가 되어서야 학교에서 돌아온 칠성이가 혼자서 뜰을 비슬비슬 돈다. 같은 햇빛이 이 집 뜰에도 비치기는 비쳤다. 그러나 그 햇빛조차 이 집 뜰에 비치는 것은 별로 누렇고 붉었다.

거미줄이 사면에 얽혔다.

이러한 가운데, 그해 섣달도 갔다. 만둣국 한번 끓여 먹지 못한 정월도 갔다.

이러한 모든 것이 송 서방에게는 꿈이요, 수수께끼였다.

뽕밭이 바다가 된다는 말은 있지만, 그 한때에 호화롭던 황 진사의 집안이 오늘날 이렇듯 쓸쓸한 집안이 되리라고는 알지 못할 수수께끼였다. 집안에는 맨날 사랑손님이 끊이지 않았고, 뜰은 아침 온 사람들과 하인들이 우글우글하며, 사랑에는 늘 가무가 요란하며, 안방에는 웃음소리가 없는 때가 없던 한창 당년의 그때가 생시라면 오늘날의 이 모양은 꿈이라고밖에는 해석할 수가 없었다. 만약 오늘날의 이 모양이 생시라면 그때의 그것이 모두 꿈이었던 것이었다. 서슬이 푸르른 그 당시의 그 형태 그대로는 바라지 않으나마 주사 떠나기 곧 전의 집안과 오늘의 집안을 비교하여도 또한 말이 아니었다. 나날이 줄어들어 가는 재산을 볼 때에 노마님과 아씨의 사이에 암담한 구름이 떠돌지 않는 바도 아니었다.

그러나 재간 있고 영리한 춘심이의 휘돌아가는 서슬에는 집안은 뜻하지 않고 웃음이 터지고 하였다. 최근 몇 해 동안은 이 집안은 춘심이 때문에 화기가 있었다. 종? 누가 춘심이를 종이라 할까. 아씨는 춘심에게 깍듯이 예를 하였다. 노마님조차 춘심에게는 하게를 하였지, 오냐는 못하였다. 춘심이는 이 집안 식구이지 결코 종이 아니었다. 그리고 이 집안에 일어나려는 암담한 구름을 헤쳐버리고 집안으로 하여금 화락하게 하는 춘심이는 가장 귀한 돌쩌귀였다. 이러한 귀중한 돌쩌귀를 잃어버린 이 집안은 다시 웃음의 꽃 필 날이 없었다. 암담한 구름은 퍼질 대로 퍼졌다.

송 서방은 때때로 노마님의 방 앞에 가 서서 입을 머뭇머뭇해보았다. 아씨의 방 앞에도 가보았다. 그러다가는 춘심이를 생각하고 한숨을 쉬고 돌아서곤 하였다. 그는 도저히 돌쩌귀가 될 자신이 없었다.

그것은 봄이라기에는 좀 이르고, 겨울이라기에는 좀 늦은 음력 이월 중순께였다. 뜰에 나갔던 송 서방은 담장 위에 고양이 새끼가 한 마리 웅크리고 앉아 있는 것을 보았다. 송 서방은 처음에는 재수 없다 하여 돌을 집으려다가 다시 돌이켜 생각하고 '오누, 오누' 하며 손을 내밀었다. 고양이는 그 자리에 앉은 채로 눈을 가늘게 떴다. 송 서방은 가만히 가서 잡았다.

검정고양이였다. 발과 코끝만 겨우 좀 희지, 그밖에는 온통 검은 고양이였다. 고양이 새끼는 송 서방의 커다란 손바닥 위에 올라앉아서 배고프다는 듯이 송 서방의 얼굴을 쳐다보았다.

그는 고양이를 자기의 방에 집어넣고, 부엌에 가서 밥 한술과 반찬 부스러기를 뜯어가지고 자기 방으로 왔다. 주렸던 고양이는 코를 고르르 고르르 하면서 순식간에 다 먹고 또 달라는 듯이 송 서방을 쳐다보았다.

"발세 다 먹었니? 또 달라고?"

고양이는 거기 대답하는 듯이 꼬리를 뻗치고 머리로써 송 서방의 무릎을 문질렀다.

송 서방은 두 번째 밥을 갖다 주었다. 그리고 그것을 다 먹기를 기다려서 커다란 손으로 등을 쓸어주었다. 고양이는 엉덩이를 높이 들고 꼬리를 뻗치고 연하여 송 서방의 무릎을 머리로 문질렀다.

"논 사줄까, 밭 사줄까."

송 서방은 고양이의 허리를 쥐어서 높이 쳐들었다. 몇 달 만에 처음으로 웃음이 그의 입에 떠돌았다.

이리하여 이 집안 식구에 고양이가 한 마리 더 늘었다.

봄이 되었다. 고양이는 놀랍게 컸다. 그는 송 서방에게서 까맹이라는 이름까지 얻었다. 고양이는 그 집의 개와도 친해졌다. 처음에는 개가 도리어 꼬리를 끼고 숨고 하였지만 어느덧 서로 친근해졌다. 작년 가을에서 겨울에 걸쳐서, 사람의 그림자 하나 얼씬 안 하던 이 집 뜰에는 때때로 고양이와 개가 희롱을 하며 뛰놀았다.

봄은 과연 좋은 시절이었다. 아씨는 역시 문을 굳게 닫고 나오지 않았지만, 노마님은 때때로 나와서 담배를 피우면서 개와 고양이의 희롱을 보았다.

"개하구 괭이하구 데리케 의가 동구나."

하면서 기다란 담뱃대로 개를 때리는 시늉을 하였다. 이런 것을 볼 때마다 늙은 송 서방은 기쁨에 얼굴을 붉히고 하였다.

"오누, 오누."

"얏……."

"이리 온."

이리하여 커다란 손으로 까맹이를 움켜쥔 다음에는,

"논 사줄까, 밭 사줄까."

하면서 까맹이의 허리를 힘 있게 쓸어주고 하였다.

지금의 송 서방에게는 까맹이가 유일의 벗이었다. 그리고 유일의 하소연할 곳이었다. 춘심이가 살아 있을 때에는 송 서방은 근심이 있을 때나 기쁨이 있을 때나 춘심이에게 의논하였다. 그리고 춘심이의,

"에이구, 이 문둥이."

하는 한마디의 말은 그에게 기쁨이 있을 때는 그 기쁨을 곱되게 하는 말이었으며, 그에게 근심이 있을 때는 그 근심을 사라지게 하는 말이었다.

까맹이는 춘심이의 대신이었다. 무슨 마음에 맞지 않는 일이나 근심이 있을 때에 방으로 돌아와서 문을 방싯이 연 뒤에,

"오누, 오누."

하여서,

"얏……."

소리가 나야만 그는 마음을 놓고 방 안에 들어갔다. 그리고 커다란 손으로 힘 있게 윤택 좋은 까맹이의 등을 쓸어주었다. 까맹이가 코를 구르며 뒷다리에 힘을 주면서 콧잔등으로 송 서방의 손

이나 무릎을 문지르면 그는 까맹이의 허리를 움켜쥐고 높이 쳐들었다.

"논 사줄까 밭 사줄까."

그러나 집안의 음침한 기운은 역시 없어지지를 않았다.

칠성이는 개나 고양이와도 안 놀았다. 때때로 개나 고양이가 저희들이 놀던 밑에 어떻게 칠성이를 건드리기라도 하면 그는 발을 들어 차고 하였다. 그리고 혼자서 집 기둥을 어루만지며 혹은 담장을 쓸면서 놀았다. 그러다가는 거미를 잡아서 싸움을 붙이고 하였다.

아씨는 역시 두문불출하였다. 간간 시어머니가,

"너두 양지께에 좀 나와보렴."

하면,

"싫쉐다."

느릿느릿한 말로 이렇게 대답할 뿐 문을 열어보려고도 아니하였다.

담장 안에 살구꽃이 피었다. 그러나 꽃이 질 때에는 그 열매조차 한꺼번에 다 떨어졌다. 이것은 확실히 흉조였다. 그러나 이것을 아는 사람은 송 서방밖에는 없었다. 송 서방밖에는 위를 쳐다보는 사람이 없었다.

송 서방도 나날이 음침해졌다. 집안사람끼리 서로 말을 사귀는 일조차 (며칠에 한 번씩이나 있을까) 드물었다. 집안에서 말소리라고는 밤중에 칠성이의 글 외는 소리밖에는 듣기가 힘들었다.

이러한 가운데서 송 서방은 모든 사랑하던 사람을 잃고 혼자 남은 외로움을 절실히 느꼈다.

"오누, 오누."

"양……."

"이리 온."

까맹이에 대한 송 서방의 사랑은 날로 늘었다.

봄도 다 가고, 여름이 되었다. 그러나 집안의 음침한 기운은 그냥이었다. 고양이와 개의 희롱에도 인젠 염증이 났는지 노마님도 다시 마루께에 나오는 일이 적었다.

어떤 날 일이 없이 허든허든 거리에 나갔던 송 서방은 어떤 장난감 집에서 총을 보았다. 그것은 콩알을 넣고 쏘는 어린애의 장난으로서, 그런 것은 대개 칠색이 영롱하게 채색을 하는 것인데 이것은 검은 단색이었다. 그것을 물끄러미 들여다보고 있다가 송 서방은 문득 도련님을 생각하였다. 그리고 그런 장난감이라도 있으면 혹은 기뻐할지도 모르겠다 하여 주머니를 털어서 그것을 사가지고 돌아왔다.

집에서 돌아와서 보매 칠성이는 어느덧 학교에서 돌아와서 기둥을 어루만지며 혼자서 놀고 있었다. 송 서방은 광에 가서 콩을 한 줌 집어내다가 한 알 넣고 살구나무를 향하여 쏘았다. '딱' 소리에 칠성이는 돌아보았다. 그리고 송 서방은 손에 든 것을 한번 유심히 들여다본 뒤에는 도로 돌아서고 말았다.

"칠성이 너 이거 안 가지간?"

송 서방은 몹시 미안한 듯이 어깨를 들먹거리며 가까이 가서 돌아서 있는 칠성의 앞으로 그 총을 내밀었다. 칠성이는 그 총을 한번 어루만져보고 송 서방의 얼굴을 힐끗 돌아다보고는 다시 말없이 돌아섰다.

"너 줄까? 이걸루 쏘면 새라두…… 새는 안 죽을까, 나비라두 당장에 죽는단다."

그런 뒤에 그는 슬며시 그 총을 칠성이의 앞에 놓은 뒤에 자기방에 돌아와서 문을 방싯이 열고 내다보았다.

칠성이는 처음엔 그것을 가만히 만져보았다. 그리고 사면을 살핀 뒤에 뜰에 아무도 없는 것을 보고 그것을 들었다. 그런 뒤에 송 서방이 놓고 들어간 콩을 한 알 넣어서 쏘아보았다. 딱! 한번 몸을 흠칫 한 칠성이는 다시 한 알 넣어서 쏘아보았다. 또 딱!

두어 번 시험을 해본 칠성이는 흥이 났는지 송 서방이 놓아둔 콩을 주머니에 집어넣은 뒤에 뜰을 이리저리 돌아다니며 닥치는대로 쏘았다. 이리 왔다 저리 갔다, 그것은 근래에 없던 칠성이의 활발한 모양이었다.

이것을 문틈으로 내려다보던 송 서방은 너무 기뻐서 어찌할줄을 몰랐다.

"오누, 오누."

"양……."

"이리 온."

그는 그 커다란 손으로 까맹이를 움켜쥐고 높이 쳐들었다. 까맹이는 높이 들려서 연하여 아양을 부리느라고 양—양—하였다.

"논 사줄까, 밭 사줄까."

이튿날 아침에 송 서방이 깨어보니 도련님은 벌써 일어나서 뜰에서 장난을 하고 있었다. 어디서 거미를 이삼십 마리 잡아다 놓고 총으로 쏘아서는 터뜨리고 터뜨리고 하였다.

학교에 갔다 와서도 칠성이는 총 장난을 하였다. 뜰에는 거미 죽은 것이 많이 널렸다.

그러나 이 총이 이 집안에 비극을 일으킬 줄은 뜻도 안 하였다. 칠성이는 닷새가 지나지 못하여 그 총에 싫증이 생긴 모양이었다. 그래서 그 총을 해부해보려고 이리 뜯고 저리 뜯다가 그는 총이 튀어나오면서 쇳조각이 날아드는 바람에 뺨에 커다란 상처를 받았다.

칠성이는 울지도 않았다. 그의 입은 봉쇄된 듯이 밤중에 글 욀 때밖에는 열려보지를 못하였다. 뺨에 상처를 받은 칠성이는 손으로 그 상처를 누르고 방 안에 들어가버렸다. 그리고 그대로 이불을 쓰고 누웠다.

이튿날, 학교에 갔던 칠성이는 한 시간만 하고 돌아와 다시 자리 속에 들어갔다. 그의 뺨은 무섭게 부었다. 몸에는 열이 났다.

송 서방은 무안하기가 짝이 없었다.

그날 밤 우연히 밖을 내다본 송 서방은 아씨네 방에 언제든 윗창에만 조금 불이 보이던 것이 아랫창 안에도 불이 보이는 것을 발견하고 가만히 나가서 그 문밖에 가서 엿들었다.

"아프니?"

"아파."

"글쎄, 덧날래는 게루구나."

그러고는 연하여 도련님의 신음 소리가 들렸다.

"글,쎄,그,런,건,왜,사,준,담."

느릿한 아씨의 목소리였다.

밖에서 이런 이야기를 듣는 송 서방은 무안하고 민망스러웠다.

'그걸 사준 것이 내 잘못인 모양이야.'

그는 밤새도록 그 방문 밖에 허리를 구부리고 서 있었다.

기침이 나올 때만 잠깐 저편 쪽에 가서 기침을 하고는 다시 문밖으로 돌아왔다.

칠성이의 상처는 마침내 고름이 들었다.

노마님도 건넌방으로 건너갔다. 그러나 시어머니와 며느리 사이에는 역시 말이 없었다. 칠성이의 신음하는 소리밖에는 말이 밖에 나오는 것이 없었다.

그들은 의사도 청해오지 않고 검은 약으로 다스렸다. 의사가 오면 째어서 병신을 만든다 하여 꺼렸다.

송 서방은 밤이고 낮이고 그 문밖에 웅크리고 서 있었다. 때때로 늙은 눈을 섬벅거리면서 그 총을 사준 것이 자기의 실수였나 생각해보았다. 자기 딴에는 그래도 도련님을 위로하기 위하여 사준 것이었다. 그것이 이와 같은 결과를 낳으리라고는 뜻도 안 하였다. 그는 이 풀지 못할 수수께끼를 눈을 섬벅거리면서 생각하다가 정기가 막힐 때에는 또한 까맹이를 찾았다.

아무도 송 서방에게 말을 걸치는 사람이 없었다. 그것은 칠성이가 부상하기 전부터도 그러하였지만 지금에 이르러서는 그것이 송 서방에게는 더 민망스러웠다. 오히려 한번 불러서 꾸짖어주면 얼마나 송 서방은 마음이 놓였을까.

한 주일이나 신고辛苦를 한 뒤에 도련님은 뺨에서 고름을 한 공기나 내고 좀 차도가 있었다. 그날 밤은 노마님도 큰방으로 건너갔다.

오래간만에 좀 마음 놓고 자리에 누운 송 서방은 정신을 못 차리고 잠이 들었을 것이었지만, 공연한 흥분으로 밤에 여러 번 소스라쳐 깨었다. 밤이 몹시 깊어서 또 한 번 못된 꿈에 소스라쳐 깬 그는, 깬 기회에 변소에라도 다녀와서 다시 자려고, 문밖에 나섰다.

그는 그때에 의외의 일을 발견하였다. 연여年餘를 두고 불 켜본 일이 없는 노마님의 방에 불 그림자가 어른어른하는 것이었다. 처음에는 담배를 잡숫느라고 성냥을 그었나 하였지만, 성냥불이라기에는 너무 오래가는 것을 보고 송 서방은 발소리를 감추고 그 방 앞에 가서 귀를 기울였다. 그 방 안에는 확실히 어떤 알지못할 사람의 소리가 있었다.

"요것밖에는 없지?"

"……."

"없어?"

"예……."

노마님의 소리는 듣기 힘들도록 작았다.

"돈두 없구? 거짓뿌리했다는 죽인다."

"없소……."

그것은 정녕코 강도였다. 그것이 강도인 줄 깨닫는 순간, 송 서방의 숨은 긴장으로 딱 막혔다. 그것을 진정할 겨를도 없이, 무슨 몽치라도 하나 얻으려고 돌아서려던 그는, 강도의 나오는 기척을 듣고 그 토방 아래 납작 엎드렸다.

그다음 순간, 이 뜰에서는 무서운 활극이 일어났다. 엎어졌다 젖혀졌다, 두 사람은 침묵 가운데에서 성난 소와 같이 싸웠다. 강도의 하나는 담장을 넘어서 달아났다.

송 서방은 칼을 몇 군데 맞았다. 그러나 비록 늙었기는 할망정,

그의 굵은 팔과 커다란 손은 급한 경우에는 아직 쓸 힘이 넉넉히 남아 있었다. 부엌에서는 개가 숨을 자리를 찾느라고 끙끙 기며 돌아갔다. 노마님은 점잔도 잊어버리고 행랑 사람을 부르느라고 고래고래 소리를 질렀다. 그러한 가운데에서 송 서방은 마침내 강도를 때려눕혔다.

때려는 눕혔으나 몇 군데에 받은 상처는 그로 하여금 정신을 잃게 하였다.

"마님, 잡았쉐다."

장한 듯이 이 말 한마디를 할 뿐, 그는 그 자리에 혼도하였다.

이, 한집안에 살면서도 사람같이 서로 사귀는 일이 없던 음침하던 집안은 강도 사건 뒤에 조금 따뜻한 맛이 돌았다.

이튿날, 송 서방이 좀 정신이 든 때에는 아씨도 노마님 방에 건너가 있었다.

좀 뒤에, 노마님이 몸소 송 서방의 방에 병을 보러 나왔다.

"좀 어떤가?"

송 서방은 너무 황송스럽고 거북하여서 몸을 일으키려 하였다.

"누워 있게, 혼났다? 나두 아직 가슴이 두근거리누만……."

송 서방은 대답하려 하였다. 그러나 반벙어리같이, 말이 굳어졌다.

"그깻놈 한 놈, 때, 때려뉘기야; 나두 몽치만 있으믄…… 칼만있으든…… 두 놈 다…… 한 놈만……."

그는 자기가 무슨 말을 하는지 몰랐다. 무슨 말을 하였는지도 몰랐다.

들은 바에 의지하건대, 도적놈은 두 놈이었다. 그리고 노마님의 금퇴와 노리개와 가락지를 빼앗아가지고 돌아가던 길에, 마침 송 서방이 잡은 것이었다. 다행히 잡힌 놈이 장물을 가지고 있었다. 그리하여 장물을 도로 찾고, 잡은 도적놈은 경찰서로 끌려갔다 한다.

마님이 돌아간 뒤에 송 서방은 너무 황송스러워서 또 까맹이를 불렀다.

"오누, 오누."

"양……."

고양이는 이불귀에 머리를 문지르며 코를 굴리면서 왔다. 송 서방은 그 커다란 손으로 부서져라 하고 고양이를 쓸었다.

"까맹아. 나 어젯밤에 불한당 잡았단다. 너두 한 놈 잡아보아라. 재미가 어떻나."

"양……."

"망할 놈의 계집애, 뭐 양— 이야. 그래, 논을 사줄까, 밭을 사줄까."

나흘 뒤에 송 서방은 일어났다.

전과 달라서 노마님이 건넌방에 찾아다니며, 아씨님이 큰방엘 건너다니며, (마음상이 그럴싸해서 그런지는 모르지만) 도련님의 얼굴에까지 좀 화기가 보이기 시작한 이 집안에서, 그런 것을 보지를 못하고 누워 있을 수가 없었다.

밤에도 좌우 방에 불이 다 켜졌다. 그리고 며느리는 시어머니의 방에 (아들을 데리고) 밤이 늦도록 건너가서 이야기를 하고 하였다. 이러한 분위기, 그것은 순전히 강도가 다녀간 때문이었다.

송 서방은 오금이 몹시 쏘는 것을 참고 일어났다. 저칫저칫 밖을 나서매, 그것을 보고 노마님이 담뱃대로 문을 열었다.

"벌써 나오나?"

"이젠 다 나았사와요."

"송 서방, 장수야."

송 서방은 너무 기뻐서 가슴이 답답해졌다. 오금이 쏘던 것이며, 칼 맞은 자리의 아픔도 잊었다.

"그놈 한 놈 노체서 분해서……."

그는 혼잣말같이 중얼거리며 비를 들어서 뜰을 쓸었다. 그리고 연어를 그대로 버려두었던 거미줄을 모두 치웠다. 구석구석의 잡풀도 뽑았다. 그날 하루 진일盡日을, 그는 뜰에서 쓸고 닦고 치우고 고쳤다. 그리고 저녁때 노마님의 방 앞에 갔다.

"마님, 데 거시기, 내일 솔개골 좀 가볼까요?"

솔개골이란 그 K 읍에서 사십 리쯤 더 가서 있는 촌으로서, 이 황 씨 집의 땅이 아직 십여 경頃 남아 있는 곳이었다.

"뭘 하러?"

"그놈들, 뭘 심었는디 찍소리두 없구……."

"그 몸 가지구 거길 가갔나? 몸이나 성한 담에 가보디."

"뭘, 다 나았사와요."

그리고 승낙도 나기 전에 승낙 난 것으로 인정하고 물러 나왔다. 일 년 남짓을 심부름 하나 못 해본 그는, 오래간만에 (자청해 얻은) 이 심부름 때문에 마음이 몹시 흡족하였다.

"까맹아, 까맹아, 이리 온."

"야……."

"난 내일 어디 간단다. 요년의 계집애 같으니, 탁 잡아먹구 말리."

그는 굵은 제 팔뚝 위에 고양이를 올려놓고 얼렀다.

이튿날, 새벽 조반을 먹은 송 서방은 까맹이를 안고 행랑으로 나왔다.

"순복네 오마니."

"예?"

"까맹이, 사나흘 좀 봐주소. 나 어디 갔다 오두룩……."

"예. 거게 두구 가소."

그는 고양이를 행랑방에 맡겨놓은 뒤에 마음이 안 놓여서, 몇 번을 부탁하고 부탁하고 그 뒤로 길을 떠났다.

솔개골에서 이틀…… 그리고 길을 떠난 이상에는 다 돌아보려고 다른 곳도 돌고 하여 닷새 만에 송 서방은 K 읍에 돌아왔다.

그가 집에 들어선 때는 밤이었다. 그는 까맹이의 일이 마음에 걸리기는 했지만, 먼저 노마님 방 앞으로 들어갔다. 그 방에는 아씨도 건너와 있었다. 송 서방은 머리를 들지도 않고 그새 다녀온 이야기를 다 하였다. 그리고 누구는 작년 것을 얼마 잘라먹은 듯한데 그자가 자기보고 술을 먹으러 가자던 이야기며, 누구는 밭을 다룰 줄 모르는 모양인데 내년부터는 떼어서 다른 사람에게 줘야겠다는 이야기 등등을 소상히 보고하였다. 그리고 이야기를 다 끝낸 다음에, 당연히 마나님에게서 나올 무슨 분부를 기다렸다. 그러나 마님에게서는 아무 말도 없었다. 그래서 다시 나오려고 돌아서려 할 때에, 문득 마님이 그를 찾았다.

"송 서방……."

그것은 외누다리 비슷한 별한 부름이었다.

"?"

송 서방은 나가려던 발을 다시 돌이켰다. 그러나 마님에게서는 다시 무슨 분부가 없었다. 그때였다. 송 서방은 처음에는 아씨가 실성한 줄로 알았다. 아직껏 말없이 머리맡에 쪼그리고 앉았던 아씨가 갑자기 두 손으로 땅을 치면서 꼬꾸라졌다. 그리고,

"송 서방이, 우리 칠성이 잡아먹을 줄을 뉘가 알았나……."

이렇게 외누다리를 하면서 통곡을 하였다.

송 서방은 눈이 둥그레졌다. 무슨 영문인지를 몰랐다. 나가지도 못하고 들어가지도 못하고 그만 엉거주춤해버린 그는 어쩔 줄을

모르고 우들우들 떨었다.

"도둑놈을 잡았으믄 매깨나 때려서 보내디이."

아가씨의 외누다리는 계속되었다.

"경찰소가 무슨 경찰소, 아……."

도적놈? 경찰서? 칠성이? 그러고 보니 칠성이가 보이지를 않았다. 그러면 그 상처가 다시 성종成腫을 하여 도련님이 불행해지지나 않았나. 그러면 거기 도적놈은 무슨 관계며, 경찰서는 무슨 관계인고, 영문을 모르는 그는 대답도 못 하고 입을 움찔움찔하며 떨고 서 있었다.

노마님이 며느리를 얼렀다.

"아가, 진정해라. 할 수 있니? 다 팔자다……. 송 서방두, 나가자시."

송 서방은 다시 한 번 무슨 말을 물어보려 입을 움질거리다가, 나와서 자기 방으로 돌아왔다.

"오누, 오누."

그 부르는 소리에 응하여, 저편 구석에서 두 시뻘건 불덩이가 나왔다.

"야……."

"이리 온."

송 서방은 고양이를 끌어 무릎 위에 올려놓았다.

칠성인 어찌 되었나. 아가씨의 아까 그 모양은 무슨 일이었던가.

송 서방은 이 풀 수 없는 수수께끼에 연하여 코를 울리며, 커다란 손으로 부서져라 하고 고양이의 등을 쓸었다. 고양이는 갈강갈강 목소리까지 내어서, 코를 굴리면서 송 서방을 떠받았다.

이튿날, 그는 행랑 사람에게서 사건의 대략을 들었다.

송 서방이 솔개골로 떠난 날 밤에, 이전에 몸을 빼쳐서 달아났던 도적놈이 다시 왔다. 그는 자기 형(먼젓번에 송 서방이 잡은 것이 그 도적의 친형이었다)의 원수를 내놓으라고 야료를 하다가, 원수를 갚는 셈으로 도련님을 죽이고 달아난 것이었다.

이 말을 듣는 순간, 송서방은 가슴이 철썩 내려앉았다. 그는 (이 더운데) 덧문까지 굳게 닫은 아씨의 방에서 보이지 않게, 몸을 담벽에 감추고서 자기 방에 돌아와서 문을 꼭 닫고 들어앉았다.

도적놈을 잡으면 따귀깨나 때려서 놓아주는 것이 옳은가. 그의 머리에는 문득 이러한 의문이 떠올랐다. 자기의 양심, 자기의 이성의 명하는 바에 의지하건대, 경찰에 보내는 것이 조금도 잘못이 없었다. 그러나 그 정당하다고 믿었던 일이 오늘날 이러한 일을 일으켰다. 가엾고도 귀하던 도련님을 잃었다. 그러면 그 옳다고 생각하였던 일 아래는 무슨 커다란 착오가 있지나 않았나.

그는 연하여 코를 울리며, 눈을 섬벅거리며, 멀뚱멀뚱 앉아 있었다.

잠시 반짝하니 빛이 보이려던 이 집안은 다시 음침한 아래 잠기게 되었다. 아씨의 방에는 늘 덧문까지 닫겨 있었다. 노마님의 방에서는 담배 터는 소리가 더욱 잦았다. 송 서방도 무안하여 뜰에는 얼씬도 안 하였다.

그리고 아씨의 송 서방에 대한 대우가 나날이 달라졌다. 이전에는 아무런 일에도 간섭하지 않았던 아씨가 지금은 송 서방에 대한 일만은 간섭하였다.

어떤 날 저녁 행랑어멈이 송 서방의 저녁상을 놓을 때였다. 상을 물리려고 샛문을 열던 아씨가 그것이 뉘 상이냐고 물었다. 그리고 송 서방의 상이라는 대답을 듣고는,

"부엌에서 먹디, 상은 무슨 상."

하면서 샛문을 홱 닫아버렸다. 그것을 마침 부엌문 밖에서 들은 송 서방은, 얼른 발소리 안 나게 이편까지 나왔다가 다시 소리를 내어서 부엌으로 들어가서,

"나, 저녁 여기서 먹갔소, 내 방엔 팽이 새끼 성화에……."

하면서 행랑어멈이 차릴까 말까 망설이던 그릇들을 도마 위에 내려놓고, 웅크리고 앉아서 먹었다. 그는 먹으면서 몇 번을 뜻하지 않게 젓가락을 멈추고는, 강도를 잡으면 따귀깨나 때려 보내야 하나, 하였다. 그리고 모든 자기를 사랑하던 사람, 노 황 진사의 내외며, 둘째 황 진사며, 춘심이가 벌써 없어진 이 세상에, 그냥 혼자 남아 있는 외로움을 절실히 느꼈다.

그리고 저녁을 끝낸 다음에 까맹이를 줄 밥을 한 줌 쥐고, 방으

로 나왔다.

"오누, 오누."

"양……."

"이리 온."

그는 고양이를 끌어올려다가 밥을 주었다. 고양이는 야옹야옹 하면서, 맛있는 듯이 쌕쌕 먹는다. 송 서방의 커다란 손은, 뜻하지 않게 고양이의 등에 올라갔다.

"논 사줄까, 밭 사줄까."

그의 눈에서는, 커다란 눈물이 한 방울 떨어졌다.

여름이 가울면서부터, 암담한 구름은 점점 더 농후해졌다. 이 집에 기르던 개도 어느 틈에 어디로 없어졌는지 아무도 모르는 동안에 없어졌다. 올빼미가 살구나무에 와서 울었다. 행랑방에서 한 마리 기르던 암탉이 울었다. 그리고 낙엽 때는 되지 않았는데, 살구나무는 낙엽 지기 시작하였다.

뜰에는 끼니때에 행랑어멈과 송 서방의 그림자가 얼씬할 뿐, 그 밖에는 사람의 그림자가 비쳐본 때가 없었다. 고양이도 왜 그런지 방 안에만 있지 밖에 나가기를 싫어했다.

밤에는 무슨 다듬이 소리 같은 것이 청간과 부엌에서 났다. 구굴 구굴, 무슨 별한 소리조차 들렸다. 까마귀가 흔히 지붕 위에 와서 울었다.

이러한 음침한 안에서, 송 서방은 까맹이를 벗해가지고 늙은 눈을 껌벅껌벅하며 방 안에 꾹 들어박혀 있었다.

팔월 추석이 이르렀다. 그러나 이 집에서는 산소에 가보려는 사람도 없었다. 송 서방이 혼자서 산소에 갔다.

그는 먼저 황 씨 선산을 갔다. 늙은 진사 내외, 둘째 진사, 자기를 끔찍이도 사랑하던 그 몇 사람의 분묘 앞에 작년에 돌아간 주사의 분묘가 있었다. 그리고 그 곁에 있는 새 분묘는 도련님의 분묘일 것이었다. 그는 그 다섯 분묘를 번갈아 보고, 강도를 잡으면 따귀깨나 때려서 돌려보내는 것이 오히려 정당한 일이 아닐까 하고 한숨을 쉬었다. 그리고 그분들을 먼저 보내고, 쓸쓸한 세상에 혼자 남아 있는 자기를 생각하고 기운 없이 다리를 돌이켜서 묘지기의 집에 가서, 마님을 대신하여 인사를 치른 뒤에 공동묘지로 향하였다. 공동묘지에는 춘심이의 주검이 있는 것이었다.

그날 밤이 깊어서야 송 서방은 돌아왔다. 돌아올 때는, 그의 눈은 뚱뚱 부었다.

가을이 깊었다.

가을이 깊어가면서, 집안은 더욱 조용해졌다. 송 서방에 대한 대우도 더욱 나빠졌다. 이전에는 가을마다 옷감과 솜이 약간씩 나왔는데, 금년은 그것조차 없어졌다. 고양이 소리가 요란스럽다는 말을 아씨가 몇 번을 행랑어멈에게 하였다. 송 서방의 방은 구두질도 안 하였다.

그런 한 가지의 일이 더 생길 때마다, 송 서방은 까맹이의 등을 힘 있게 쓸면서 강도를 잡아서 경찰서로 보내는 것은 실수인가 하고는 한숨을 쉬었다. 그의 이성은 비록 강도를 잡으면 경찰서로 보내는 것이 당연하다 하되, 현재의 이 모든 상서롭지 못한 일은 모두가 강도를 경찰서로 보낸 때문에 생겨난 일이었다.

겨울이 이르렀다.

그때에 행랑어멈을 통하여, 아씨에게서 금년은 곡초가 부족하여 송 서방의 방에는 불을 못 때주겠다는 선고가 내렸다.

"늙으든, 덥구 추운 걸 잘 모르갔쇄요."

그는 대수롭지 않은 듯이 행랑어멈을 통하여 이렇게 여쭈었다.

그 이튿날, 그의 의로운 그림자는 지척지척 그 고을 보통학교 선생의 집에 찾아갔다.

"송 서방, 어떻게 왔소?"

"선상님한테 말씀 한마디 여쭈어보레 왔쇄요."

"무순……."

"도적놈을, 불한당을 잡으믄 따귀깨나 때레서 놔주어야 할까요, 경찰소에 잡아넣어야 할까요?"

선생은 이 뜻밖의 질문에 놀란 듯하였다. 잠깐 송 서방의 얼굴을 본 뒤에 웃었다.

"그거야, 도적놈 나름이지요. 말로 얼러서 들을 놈이면 놓아주구, 그렇디 못한 놈은 징역을 시켜야구……."

"못된 놈이와요."

"경찰서로 보내야디."

"글쎄요."

그는 그 집을 하직하였다.

그의 외로운 그림자는 다시 쓸쓸하고 찬 자기의 방으로 돌아왔다.

"오누, 오누."

"야……."

"이리 온."

그는 고양이를 잡아서 무릎 위에 올려놓았다.

강도를 잡으면 놓아주는 것이 옳은가. 선생님의 말도 경찰서로 보내는 것이 옳다고는 하였다. 그러나 선생님의 말이라 다 바를까. 혹은 따귀깨나 때려서 놓아 보내는 것이 옳지 않을까. 그때에 그 강도를 따귀깨나 때려서 놓아 보냈던들, 오늘날 이러한 모든 상서롭지 못한 일이 생기지 않았을 것을……. 그는 고양이를 움켜쥐고 높이 쳐들었다.

"논 사줄까, 밭 사줄까."

그의 늙은 눈에서 주먹 같은 눈물이 뚝뚝 떨어졌다.

겨울이 깊어갈수록 송 서방은 더욱 밖에 나갈 기회를 피하였다.

옷도 없어 헐벗은 그는, 불 안 땐 방에서 입으로 성에를 토하면서 까맹이와 함께 꼭 방 안에 들어박혀 있었다.

밤에는 까맹이를 품고 잤다. 이 두 동물은 서로 체온을 주고받아서, 겨우 얼어 죽기를 면하고 지냈다. 송 서방은 손톱과 발톱이 다 얼어서 빠졌다. 아침에 깨면 이불귀에 허옇게 성에가 돋치고하였다. 늙은 허리와 팔다리는 늘 저렸다.

어떤 날, 피하지 못할 일로써 거리에 나갔다가 돌아온 송 서방은, 자기 방에서 까맹이가 없어진 것을 발견하였다.

그는 눈이 벌게져서, 거북스러운 것도 잊어버리고 들에서 크게 오누, 오누, 불러보았다.

"야……."

어디 먼 데서 들리는 듯하였다.

"오누, 오누."

"야……."

그는 앞으로 가보았다. 뒤로 가보았다. 앞으로 가면, 고양이의 소리는 뒤에서 나는 듯하였다. 뒤에 가면, 앞에서 나는 듯하였다. 앞으로, 뒤로, 몇 번을 헤맨 끝에 그는 마침내 기진맥진하여 행랑을 찾아갔다.

"여보, 순복네 아바지."

"예?"

"까맹이 못 봤소?"

행랑아범은 자기 아내의 얼굴을 보았다. 어멈은 지아비의 얼굴을 보았다.

"까맹이가 보이딜 않소고레."

"……."

"어디서 못 봤소?"

"아까, 아가씨님 손을 할퀴었다구. 내다 팡가텠다우."

"예? 어디다."

"데 뒤, 개굴창에……."

송 서방은 눈이 벌게서 나갔다. 그리고 그는 집 뒤 개천에서 목을 매어서 뻣뻣하게 된 까맹이를 발견하였다.

그는 나뭇개비를 하나 얻어서 무슨 더러운 물건이라도 만지는 듯이, 그 고양이를 찔러보았다. 언제 죽었는지 앞으로 잔뜩 뻗친 네 다리는 벌써 뻣뻣하였다.

그는 그 목을 맨 끈의 한편 끝을 쥐려다가 다시 놓고 집으로 돌아와서, 호미를 가지고 나와서 그 끈을 다시 쥐어서 추켜들고 더벅더벅 걸었다.

저녁 해가 거진 넘어가게 되어서, 그는 공동묘지에 이르렀다. 그리하여 제 아내 춘심이의 무덤 곁에 조그마한 구멍을 하나 파고, 거기다 고양이의 주검을 넣고 다시 흙으로 덮었다.

그런 뒤에, 헐벗은 옷에 추운 줄도 모르고, 신이 없이, 제 아내의 무덤 위에 털썩 주저앉았다.

강도를 잡으믄 따귀깨나 때려서 놓아 보내야 하나. 아아, 그러나 전에 이 생각을 할 때에는, 그의 곁에는 까맹이가 있어서 머리로써 그의 손을 문지르며, 꼬리로 그를 간지럼을 시켰지만 지금은 쓸쓸한 두 주검이 그의 앞에 누워 있을 뿐이었다.

그는 얼마 동안 앉아 있었는지 몰랐다. 이미 밤이 깊었다. 그때에,

"니양……."

어디서 문득 고양이 소리가 났다. 고양이 소리라 하기는 할지나, 아양을 부릴 때의 그 얌전한 소리가 아니요, 싸움을 할 때 혹은 강적을 만났을 때에 하는 그런 부르짖음이었다.

"니양……."

어디서 나나? 송 서방은, 신경을 날카롭게 해가지고 귀를 기울였다.

"니양……."

하늘에서?

"니양……."

땅에서?

고양이의 부르짖음은, 한둘뿐이 아니었다. 하늘에서, 땅에서, 동에서, 서에서, 사면에서 났다. 고양이의 부르짖음은 천지에 가득 찼

다.

"오누, 오누, 오누, 오누, 오누."

송 서방은 마치 미친 사람 모양으로, 손으로 오라고 손짓을 하면서 허든허든 일어섰다.

"니양, 니양……."

고양이의 부르짖음은, 그의 부름에 대답하듯이, 연하여 났다.

"오누, 오누, 오누."

그는 손짓을 하면서, 비틀비틀 산 아래를 향하여 내려갔다.

그때부터 송 서방의 자취는 없어졌다.

# 구두

"흰 구두를 지어야겠는데……."

며칠 전에 K 양이 자기의 숭배자들 가운데 싸여 앉아서 혼잣말 같이 이렇게 말할 때에 수철이는 그 수수께끼를 알아챘다. 그리고 변소에 가는 체하고 나와서 몰래 K 양의 해져가는 누런 구두를 들고 겨냥을 해두었다. 그런 뒤에 손을 빨리 쓰느라고 자기는 일이 있어서 먼저 실례한다고 하고 그 집을 나서서, 그 길로 바로 (이 도회에서도 제일류로 꼽는) S 양화점에 가서 여자의 흰 구두 한 켤레를 맞추었다.

그리하여 오늘이 그 구두를 찾을 기한 날이었다.

조반을 먹은 뒤에 주인집을 나서서 (이발소에 들러서 면도나 할까 하였으나) 시간이 바빠서 달음박질하다시피 구둣방까지 갔다.

구두는 벌써 되어 있었다. 끝이 뾰족하고 뒤가 드높으며 그 구두 허리의 곡선이라든지 뒤축의 높이라든지 어디 내놓아도 흠잡힐 점이 없이 잘 되었다. 도로라 하는 것이 불완전한 이 도회에는 아깝도록 사치한 구두였다.

"이쁘게 됐습지요."

"그만하면 쓰겠소."

수철이는 새심으로 만족해 구두를 받아가지고 그 집을 나섰다.

"수철 군, 어디 가나?"

구둣방을 나서서 좀 가다가 자기를 찾는 소리에 돌아다보았다. 거기는 '거머리'라는 별명을 듣는 치근치근한 친구 ○가 있었다.

"저기 좀……."

"그 손에 든 건 뭔가?"

"이것?"

수철이는 구두 곽을 높이 들어 보였다.

"구둘세"

"구두? 자네 구두 아직 멀쩡하지 않나?"

"후보가 있어야지. 아차 도적맞는 날이면 뒷간 출입도 못 하게……."

"한턱내게. 구두를 둘씩 짓고……."

수철이는 논리에 어그러지는 소리를 하는 사람이라고 생각하였다. 구두가 두 켤레면 한턱내야 한다는 이론은 없을 것이었다. 그러나 한번 달려든 다음에는 먹기 전에는 떨어지지를 않는 ○를 생각해볼 때에 한 접시의 양식으로 얼른 떼버리려고 생각하였다.

그들은 그 근처의 어떤 양식점으로 갔다.

○와 작별하고 그사이 ○ 때문에 허비한 시간의 몇 분이라도 회복할 양으로 바쁜 걸음으로 K 양의 집까지 이른 수철이는 막 들어가려다가 중대문 밖에서 멈칫 섰다. 대청에 걸터앉아 있는 K 양의 그림자를 걸핏 본 때문이었다. 그리고 그 곁에는 머리를 땅에 닿도

록 숙이고 있는 (역시 K 양의 숭배자의 하나인) T가 있었다.

수철이는 몰래 중대문 틈으로 들여다보았다.

T가 머리를 숙이고 있는 것은 결코 사랑을 구하는 러브신이 아니었다. K 양은 다리를 뻗치고 있고, T는 K 양의 발목을 잡고 새로 지어온 흰 구두를 신겨주고 있는 것이었다.

"맞아요?"

"네. 꼭 맞는걸요."

내 것이 더 맞을걸. 수철이는 성이 독같이 나서 씩씩거리며 발소리 안 나게 그 집을 뛰어나왔다.

수철이는 공원으로 갔다.

"○ 때문에 늦어졌다."

그는 연거푸 성을 냈다. 성이 삭아지려는 때마다 다시 구두 곽을 보고 성을 돋우고 하였다.

동시에 그에게는 그 선헌권先獻權을 앗긴 구두가 차차 보기가 역해오기 시작하였다. 성을 돋우려고 그 구두 곽을 볼 때마다 고통이 차차 더하였다.

"이 구두를 얻다 내다 버리자."

두 시간 남짓 벤치에 우두커니 앉아 있다가 그는 구두 곽을 벤치에 놓은 채로 슬그머니 일어서서 공원 밖으로 나섰다. 그러나 그가 급기야 공원을 나서려 할 때에 누가 그를 찾았다.

"나으리, 나으리."

돌아다보니 거지였다.

"없어!"

그는 그냥 가려 하였다.

"나으리. 이것 잊어버리신 것 가지구 가세요."

다시 돌아다보니 거지는 그가 슬그머니 놓고 온 구두 곽을 들고 따라온다.

"자네 가지고 싶으면 가지게."

"천만에 말씀이올시다."

수철이는 홱 돌아서면서 그 곽을 빼앗고, 이십 전을 거지에게 던져주고 뒤도 안 돌아보고 달아났다.

그날 밤에 수철이는 빈손으로 집에 돌아와서 네 활개를 펴고 누웠다. 아까 활동사진 구경을 가서 그 곽을 교자 아래 넣은 대로 돌아온 것이었다. 그러나 그 안심이 오랫동안 계속되지를 못하였다.

이튿날 아침, 수철이가 막 조반을 먹고 나가려는데 그 양화점의 사환이 찾아왔다.

"나으리, 어제 활동사진관서 이것을 잊고 가셨더라구 사진관에서 오늘 아침 우리 집에 보냈습디다."

"그게 뭐야?"

"어제 지어 가신 부인 구두올시다."

그만 수철이는 성이 왈칵 났다.

"너 가져라! 갖다 팔아먹든 어쩌든 마음대로 해라."

사환은 씩 웃었다.

"여기 두고 갑니다. 한데 활동사진관 아이에게 오십 전을 주었는데요."

수철이는 주머니에서 칠십 전을 내어서 던져주었다. 그러나 만약 예의라나 도덕이라나가 없다 할지면 수철이는 칠십 전의 대신으로 칠십 번을 쥐어박기를 결코 사양하지 않았을 것이었다.

수철이는 곽을 들여다가 끌러서 속을 꺼내보았다. 뾰족한 코, 드높은 뒤축, 곱게 곡선을 지은 윤곽, 어디로 보든 흠할 곳이 없는 구두였다.

"T란 자식, 죽여주리라."

그는 들창을 열고 그 구두를 홱 밖에 던지려다가 다시 생각을 돌이키고 주인집 딸아이를 찾았다.

"애야, 순실아."

"네?"

계집아이가 왔다.

"너 몇 살이냐?"

"열두 살이에요."

"너무 적군."

그는 구두를 내려다보았다. 그리고 계집애의 발을 보았다. 이렇게 서너 번 번갈아 보고, 수철이는 계집애의 발밑에 그 구두를 던졌다.

"에따, 너 가져라. 이담에 시집갈 때 신어라."

계집애의 눈은 동그랗게 되었다. 동그랗게 된 눈으로 수철이와 구두를 번갈아 보다가,

"싫어요."

하고 나가려 하였다.

"정말이다. 가져!"

"싫어요!"

"계집애두. 어른의 말을 들어야지. 못써!"

그는 구두를 주워서 계집애의 가슴에 안긴 뒤에 내쫓았다. 그리고 기다란 안심의 숨을 내쉬고 일어섰다.

"저 계집애가 인제 자라서 저 구두를 신게 되도록은 다시 내눈에 안 뜨일 테지."

그는 하루 종일을 유쾌히 지냈다.

'구두를 처치했다.'

그것은 오랫동안 미궁에 들어갔던 사건이 해결된 것과 같은 기쁨이었다.

이튿날 아침, 늦잠을 깬 수철이는 어느 틈에 머리맡에 갖다놓은

몇 장의 편지를 보기 시작하였다. 첫 장은 어떤 친구의 결혼식 초대였다. 둘째 장은 출판회사의 서적 목록이었다. 셋째 장은 무슨 자선회의 기부 권유였다. 그는 그것을 차례로 집어 던지고 넷째 장의 봉을 찢었다. 그것은 시골 사촌 누이동생의 편지였다.

오래 막혔었나이다.

일기 차차 더워오는 이때에 오빠께서는 객지에 내내 건강히 지내시는지 알고자 하나이다. 이곳은 다 평안하오며, 수남이는 벌써 고등학교에 입학하였사오며 수동이는 금년 봄……. 수복이는 글을 배우느라고……. 수천이는 쉬운 말은 다…….

"무슨 소리야. 좁쌀 쌀아서 먹겠네."

그는 몇 줄을 건너뛰었다.

……되었사오매, 인제는 학생 시대와도 달라 좀 몸치장도 해야겠는데 오빠도 아시다시피 이 시골에야 어디 변변한 구둣방이 있나이까. 그곳에서 흰 구두를 한 켤레 지어 보내주시면…….

수철이는 편지를 집어 던지고 벌떡 일어났다. 그리고 뜻 없이 방 안을 두어 바퀴 돌았다.

처치하지 못하여 안달하다가 겨우 순실이를 주어버린 구두의,

참으로 처치할 곳이 인제야 생겨난 것이었다. 그는 방 안을 빙빙돌면서 구두 곽을 얻어서 머리맡에 갖다놓은 뒤에 지갑에서 돈이 원을 꺼냈다. 순실이에게 구두를 도로 살 밑천이었다.

"얘야, 순실아."

"네."

하고 들어온 것은 순실의 어머니였다.

"순실이 어디 갔습니까?"

"경찰서에 갔는데요. 왜 찾으십니까?"

수철이는 입을 머뭇머뭇하였다.

"순실이한테 어제 그…… 구두를 한 켤레 준 것이 있는데 그게 있습니까?"

"글쎄 말씀이올시다. 어젯밤에 도적놈이 들어와서 대청에 있는 물건을 죄 훔쳐갔는데, 그 구두도 집어간 모양이에요."

# 눈보라

## I

조선은 빽빽한 곳이었습니다.

어떤 사립학교에서 교사 노릇을 하던 홍 선생은 그 학교가 총무부 지정 학교가 되는 바람에 쫓겨나왔습니다. 제아무리 실력이 있다 할지라도 교원 면허증이라 하는 종잇조각이 없으면 교사질도 하지 말라 합니다. 그러나 이제 다시 산술이며 지리 역사를 복습해가지고 교원검정시험을 치를 용기는 없었습니다.

일본 어떤 사립중학과 대학을 우유 배달과 신문 배달을 하면서 공부를 하느라고 얼마나 애를 썼던가. 겨울, 주먹을 쥐면 손이 모두 터져서 손등에서 피가 줄줄 흐르는 그런 손으로 필기를 하여 공부한 자기가 아니었던가. 주린 배를 움켜쥐고 학교 시간 전에 신문 배달을 끝내려고 눈앞이 보이지 않는 것을 씩씩거리며 뛰어다니던 그 쓰라림은 얼마나 하였던가. 그리고 시간을 경제하느라고 우유 구루마를 끌고 책을 보며 다니다가 돌이라도 차고 넘어졌다가 다시 일어날 때에 빙글 웃던 그 웃음은 얼마나 상쾌하였던가. 이것도 장래의 나의 일화의 한 페이지가 되려니.

아아, 생각지 않으리라. 그 모든 고생이며 애도 오늘날의 영광을 기대하는 바람이 있었기에 무서운 참을성으로 참고 지내지 안했나.

그러나, 그 애, 그 노력도 모두 물거품으로 돌아가 버렸습니다. 칠 년 동안의 끔찍이 쓴 노력도 조선 돌아와서 소학 교사 하나를 해먹을 수가 없었습니다. 칠 년 동안을 머릿속에 잡아넣은 지식은 헛되이 썩어날 뿐 활용해볼 길이 없었습니다.

자, 인제는 무엇을 하나. 철학과라는 시원찮은 전문을 졸업한 홍 선생에게는 이제 자기가 마땅히 붙들 직업을 발견할 수가 없었습니다.

회사원? 수판을 놓을 줄을 모르는 홍 선생이었습니다. 은행원? 대학 교정과의 졸업증서가 그에게는 없었습니다. 행정관리? 여기도 또한 졸업증서가 필요하였습니다. 그러면 신문기자? 그렇습니다. 이것이 홍 선생에게는 가장 경편하고 손쉬운 직업에 다름없었습니다. 그러나 한 사람의 결원에 대하여, 이삼십 인의 지원자가 있는 신문기자도 손쉽게 그의 몫으로 돌아오지 않았습니다.

그는 교원 생활을 하는 동안에 준비했던 책이며 그밖에 있던 것을 하나씩 둘씩 팔아 없애면서 자기의 장래의 취할 길을 연구하였습니다.

철인 플라톤은 사람을 제일의第一義의 국민과 제이의第二義의 국민으로 나누었습니다. 그리고 제일의의 국민으로 사유자와 방어자를 세우고, 제이의의 국민으로는 지금에 서로 대치해 있는 자본가와 노동자를 세웠습니다. 그리고 제이의의 국민은 물론 모두 천

업자라 하여 문제 밖으로 삼고 제일의의 국민, 즉 사유자와 방어자를 위하여 국가는 마땅히 ○○주의를 시행할 것이라 하였습니다. 수신제가修身齊家 이후에 능치천하能治天下라 하였지만, 플라톤은 제일의의 국민으로서 뒷근심을 온전히 없이하고 온 힘을 국가를 위해 쓰게 하려 하였습니다. 국가는 제일의의 국민을 양육할 의무가 있다 하였습니다.

이 사상은 얼마나 홍 선생에게 공명되는 사상이었겠습니까.

모든 대사상이며 학설 도덕도 배부른 뒤에야 나올 것이 아니냐. 시재 먹을 것이 없는 이에게서 무슨 대사상이 나오며 무슨 대발명이며 대발견이 있겠느냐…… 홍 선생은 때때로 분개도 해보았습니다.

'십 년 공부가 나무아미타불이라더니, 사실 칠 년 고생이 밥 한 바가지 안 되는구나.'

홍 선생은 때때로 한숨도 쉬어보았습니다.

그러나 그의 분개며 한숨에 대답해주는 이는 없었습니다. 더구나 해결이나 서광을 보여주는 이도 없었습니다.

이리하여 처음에는 좀 고상한 직업(?)을 구해보려던 홍 선생은 아무런 직업이라도 닥치기만 하면 하려 하였습니다.

마음이 내려앉지 않은 생활이었습니다. 무엇을 하나? 무엇을 하나? 근육노동은 할 수가 없으나 그밖에는 아무런 직업이라도 해보려 하였습니다.

활동사진 변사……. 교사 노릇 몇 해에 입으로 밥을 벌어먹던 그는 변사 노릇은 넉넉히 할 자신이 있었습니다. 그러나 급기야 되려고 알아보매, 거기도 또한 면허증이 있어야 한다 합니다. 약제사? 거기도 면허증이 필요하였습니다. 경부보? 순사를 지냈다는 경력이 있거나 법학교의 졸업증서가 있어야만 된다 합니다. 자동차 운전수? 거기도 면허장이 필요합니다. 대서소도 면장, 도수장도 면장, 심지어 이발쟁이까지도 인가증이 필요하였습니다.

모두가 면허증, 허가증 인가증…… 인력거꾼, 도살자, 고기 장사, 빙수 장사…… 홍 선생에게 해먹을 노릇은 하나도 없었습니다.

왜 사람이 살아가는 데 대하여 생활 허가증이라든가 생활 면허증은 주지 않느냐. 그리고 그 증서가 없는 사람은 사형에 처하지 않느냐. 왜 밥 먹는데 밥 먹는 면허증이라는 것은 주지 않느냐. 왜 걸어 다니는 면허증은 주지 않느냐. 홍 선생은 몇 번을 역정을 내며 분개하였습니다. 어떤 때는 읽던 책을 홱 집어 던진 때도 있었습니다.

'책은 보아서 무얼 해! 만권 서적이라도 제 능히 한 장의 면허증을 못 당할 것을.'

세상사에 어두운 학자인 홍 선생이었습니다. 그러나 하늘이 무너져도 솟아날 구멍은 있나니, 홍 선생도 마침내 그 구멍을 발견하였습니다.

몹시 주저 중 반년이 지났습니다. 어디, 돈 많은 처녀(과부라도 좋다)나 없나? 돈이라도 길에 떨어지지 않았나? 자기가 가르치던 학교에서 특별히 당국에 교섭하여 자기만은 면허증이 없이도 교사 노릇을 하도록 운동해주지 않나? 자기 물건 가운데 우연히 값나가는 보배라도 있지 않나? 면허증! 면허증…… 아무런 면허증이라도 면허증 하나만 갖고 싶다! 이렇듯 용신容身이 지난 뒤에 홍 선생은 마침내 자기가 솟아날 구멍을 발견하였습니다.

어떤 날, 또한 팔아먹을 물건을 얻느라고 이리 뒤적이고 저리 뒤적일 적에 그는 낡은 전기 안마기를 골방 구석에서 얻어냈습니다. 그것은 이전에 홍 선생이 류마티스로 고생할 때에 어떤 학부형인 의사가 선물로 보낸 것이었습니다.

'아직 쓸까?'

그는 그것을 먼지를 턴 뒤에 스위치를 넣어보았습니다. 찌르륵 하는 소리와 함께 두 쪽을 잡은 홍 선생의 손은 떨렸습니다.

'이 원은 주렷다.'

그는 기계를 잘 닦아서 책상 위에 올려놓은 뒤에 신이 없이 다시 누웠습니다.

'내게는 지식밖에는 아무것도 없다. 그러나 지식은 돈이 안 되는 세상이다.'

홍 선생은 막혔습니다. 무엇이 돈이 되나? 돈이 돈을 낳는다 합니다. 그러나 조선에서는 아직 돈이 돈을 낳는 것을 홍 선생은 본 일이 없습니다. 돈 천 원만 벌면 신문이 떠들어주는 조선이었습니다. 그러면 정서情緖? 정서를 팔아도 돈이 안 되는 조선이었습니다. 병합 당시와 그 뒤 한동안은 정서를 팔아서 돈이 된 시대도 있었지만, 지금은 그것도 역시 돈이 안 되는 모양이었습니다. 재주? 기능? 저작? 용기? 돈 되는 것은 하나도 없었습니다. 그러면?

'면허증이다.'

매월 단 사오십 원의 돈이라도 되는 것은 (어떤 면허증이든) 면허증밖에는 없었습니다. 그리고 또한 같은 결론 아래서 조선사람의 최고 희망은 매월 사오십 원의 월급이요, 조선 사람의 최대 목적은 면허증을 얻는 데 있다 할 수가 있습니다.

홍 선생은 화를 내어 발버둥을 쳤습니다. 그러나 발길에 차이는 것은 아무것도 없으므로 다시 벌떡 일어나 앉았습니다. 그리고 다시금 전기 안마 기계를 보았습니다.

'헐값을 받아도 이 원이야 주겠지.'

혓소리와 같이 이렇게 중얼거리면서 한참 그것을 바라보고 있던 홍 선생은 문득 두 주먹을 불끈 쥐며 일어섰습니다. 그의 눈은 충혈이 되고 그의 쥔 두 주먹은 떨렸습니다.

'하나 있다, 돈 되는 것이. 지식은 돈이 못 되나 지혜는 돈이 된다.'

보천교, 청림교 등등 지혜를 팔아서 대성한 몇 개의 단체가 그의 머리를 스치고 지나갔습니다.

며칠 뒤에 홍 선생 책상 위에는 별별 기괴한 물건이 장식되어 있었습니다.

청진기였습니다. 체온기였습니다. 반사경이 있습니다. 취소가리, 안티피린, 금계랍金鷄蠟, 위산, 옥도정기 등이 있었습니다. 그리고 복판 가운데에는 전기 안마기가 제왕과 같이 군림하여 있었습니다. 그리고 책상 한편 모퉁이에는 함경북도 각 고을고을의 육군 지도가 가려 있었습니다.

지식은 있으나 지혜는 그리 많지 못한 홍 선생은 적으나마 그 지혜를 팔아서 호구를 해보려 하였습니다.

이리하여 또 며칠이 지난 뒤에 홍 선생은 온갖 여장을 가다듬어 가지고 순회 치료 여행을 함경도로 떠났습니다.

그의 여장 가운데에는 진찰 가방과 전기 안마기와 몇 가지의 옷 밖에 주머니 속에 깊이 간직한 한 가지의 가장 귀한 물건이 있었으니 그것은 조그마한 노트 한 권이었습니다. 몇 가지의 간단한 처방을 적은 책이었습니다.

산골에서 산골로 홍 선생의 여행은 계속되었습니다.

홍 선생은 이 세상에 이렇듯 이름 모를 많은 병이 있을 줄은 뜻도 안 했습니다. 홍 선생에게는 다만 머리가 아프면 두통이었습니다. 배가 아프면 복통이었습니다. 몸이 파리했으면 폐병이었습니다. 오금이 쏘면 류마티스였습니다. 몸에 열이 있으면 고뿔이나 학질이었습니다. 눈이 벌거면 안질이었습니다. 그밖에 예외적으로 시병, 문둥, 황달 등등 몇 가지가 있고, 그밖에는 대개 학설상으로만 존재하였지 실제로 있는 병이라고는 뜻도 안 하였습니다. 그런데 이 현상은 무엇이옵니까.

뿐만 아니라 그가 간단하다고 생각하였던 병까지도 급기야 닥쳐놓으니까 판단을 내릴 수가 없었습니다. 머리가 아프고 배가 아프고 오금이 쏘는 병을 그는 무엇으로 진단하여야 할지 망설였습니다. 식욕은 있고도 먹으면 모두 설사하고 몸이 파리해가는 병을 무엇으로 진단하여야 할지도 몰랐습니다. 아니 정확히 말하자면 '이것은 무슨 병이라'고 서슴지 않고 판단을 내릴 자신이 있는 병은 한번도 만나본 적이 없었습니다.

그는 환자를 만나면 먼저 청진기를 가슴에 댑니다. 만뢰萬雷라 할까 폭포수라 할까, 우렁찬 소리가 귀에 울립니다(처음에는 홍 선생은 몇 번을 몸을 흠칫흠칫 놀랐습니다). 한참 이리 듣고 저리 들은 뒤에 그는 눈살을 몇 번 찌푸리고 머리를 몇 번 저은 뒤에 열을 봅니다. 이 열만은 홍 선생이 가장 자신 있는 태도로 보는 바이니, 상열常熱이 삼십칠 도 약弱이라 하는 것은 홍 선생이 벌써부터 아는 바외다.

이리하여 진찰이 끝나고는 치료를 시작합니다.

환부(환부가 똑똑하지 않을 때에는 온몸)에 전기기계를 문지르는 것으로 그의 치료의 제일 도정은 시작됩니다. 이리하여 환자의 몸이 마비된 듯하면 홍 선생은 약을 짓습니다. 식전 약으로는 안티피린, 식후 약으로는 위산, 이 두 가지를 주고 돈을 받은 뒤에는 뒤도 안 돌아보고 그다음 산골로 달아납니다.

어떠한 병에든 홍 선생은 이 두 가지 약밖에 다른 약의 필요를 느껴본 적이 없었습니다. 주머니 속에 깊이 간직한 노트도 또한 쓸데없는 물건이었습니다. 병명을 한번도 판단 내려본 적이 없는 홍 선생에게서는 처방이라는 것이 쓸데없었습니다.

이리하여 칠 년 동안을 배운 지식과 그 노트는 한편 구석에 짓이겨놓고 한때의 지혜(오히려 돈지頓智)뿐으로 밥을 벌어나가는 자기를 홍 선생은 발견하였습니다.

그리고 환자나 혹은 친척이 무슨 병이냐고 묻는 때라도 있으면 경우에 따라서 새 병명을 발명키를 주저하지 않습니다.

어떤 의생醫生의 사망진단서 가운데 십장병十丈病이라 하는 것이 있었습니다. 경찰서에서 연구하다 못하여 그 의생을 불러서 어떤 병이냐고 물었습니다. 즉 그 의생의 대답이 열 길 되는 벼랑에서 떨어져 죽었으니까 '십장병'이라 하였습니다.

이 이야기를 당시에는 그렇게도 웃은 홍 선생이 아니었습니까. 웃다 웃다 못하여 마지막에는 울음소리로 그 이야기를 노려보고 또 노려보고 한 그가 아니었습니까.

그러나 이제 만약 누가 홍 선생이 내린 그 모든 괴상한 병명에 대하여 질문하는 이가 있다 하면 홍 선생은 가장 엄숙한 태도로 무언의 책망을 할 것이겠습니다. 그리고 전문가의 단안을 의심하는 시로도(초심자)의 주제넘은 태도를 멸시하기를 마지않을 것이겠습니다.

그러나 조선은 역시 빽빽한 곳이니 거기도 또한 관헌의 압박과 간섭이 있었었습니다.

'이상한 기계로써 온갖 병을 고치는 고명한 의술' 홍 선생의 이름이 방방곡곡 퍼지며 높아갈 때에 관헌의 압박과 간섭이 시작되었습니다.

"무슨 자격으로 병자를 취급하느냐?"

그들의 물음은 이것이었습니다.

"이 기계(전기 안마기) 사용에는 자격이 필요 없다."

홍 선생은 가만히 대답하였습니다.

"무슨 자격으로 투약을 하느냐?"

그들은 질문을 바꾸었습니다.

"치료사의 자격으로."

"의사나 의생의 면허증이 있느냐?"

"없다, 필요도 없다."

"삼십 원의 벌금이다."

간단한 결론이었습니다. 그러나 피하지 못할 명령이었습니다.

이런 일을 두 번 겪고 세 번째는 (돈이 없으므로) 몸의 구속으로 돈을 대신하고 나온 홍 선생은 며칠 동안은 기가 막혀서 정신을 차리지를 못하였습니다.

인제는 굶어 죽었구나. 며칠 동안을 거진 음식을 전폐하다시피 하고 누워서 어렴풋이 이런 생각을 하고는 한숨을 쉬고 하였습니다.

그러나 하느님이 사람을 굶어죽게는 내지 않은 것이니 사경에 직면한 그는 거기서 또다시 활로를 발견하였습니다.

국경을 넘어서자, 평북 용천 태생인 그는 지나인支那人 말에도 얼마간의 자신이 있었습니다.

면허장을 보자는 관헌도 없고 의사도 부족한 만주 땅은 사실이 선량한 사기한 홍 선생에게는 낙원이나 다름없었습니다. 그리하여 전치全治된 자기의 몇몇 환자에게 여비를 동냥해가지고 홍 선생은 커다란 바람을 품고 국경을 넘어섰습니다. 뿐만 아니라 국경을 넘어설 때는 홍 선생의 콧등에도 금테 안경이 걸렸고 가슴에는 도금 시곗줄이 번쩍였습니다. 의사로서의 위신과 위풍을 만주 사람들에게 보이기 위해서외다.

'전 세계 전기치료계의 태두.'

'미국 화성돈華盛頓 전기대학교 교수.'

'덕국德國 백림伯林 의학대 박사.'

이러한 명색 아래 홍 선생의 이름은 국경을 넘어 만주의 촌촌에도 퍼지기 시작하였습니다. 금테 안경과 금 시곗줄은 홍 선생의 그 길다란 명색에 적당한 위엄과 위풍과 신뢰를 사람들의 마음에 일어나게 하였습니다. 홍 선생의 좀 꽁한 태도도 이름 있는 의사다웠습니다. 코 아래 수염도 났습니다.

약은 역시 안티피린과 위산뿐이었습니다. 어떠한 병에든 식전 약으론 안티피린, 식후 약으론 위산이었습니다. 그러나 홍 선생은 운이 터졌던지 그들의 병은 이 단순한 두 가지의 약과 전기치료뿐으로 낫고는 하였습니다. 이리하여 홍 선생이 조선 땅을 뒷발로 차던진 지 일 년쯤 뒤에는 홍 선생이 돌아다닌 만주의 촌락에는 화타나 편작의 재래로서 홍 선생의 이름은 널리 퍼졌습니다. 그의 이상한 기계를 지나인들은 마술 상자와 같이 신앙의 마음으로 바라보았습니다. 기계에서 웅— 하는 소리가 날 때에는 모두들 경건한 태도를 취하였습니다.

이리하여 그의 이름이 해와 같이 빛나게 되었을 때에 그는 어떤 지나 호농豪農의 집에 불려가게 되었습니다.

환자는 그 집 젊은 며느리로서 병은 난산이었습니다. 소위 애가 올라붙었다고 그 집에서는 야단법석을 하였습니다.

홍 선생은 팔을 걷은 뒤에 가장 엄숙한 태도로 환자의 배를 만져보았습니다. 올라붙었는지 내려붙었는지는 모르되, 뱃속에 어떤 물건이 움직이고 있는 것은 알 수가 있었습니다. 환자는 땀을 뻘뻘 흘리며 연하여 다리를 꼬며 허리를 구부리며 부르짖었습니다.

자, 이 일을 어쩌나, 어떻게 치료해야 되나. 홍 선생도 구슬땀을 흘렸습니다. 보통 배 아픈 데에는 위산을 먹였지만 이 환자에게는 위산은 쓸데없을 것이었습니다. 아편을 주자 하니 거기 또한 태모와 태아, 생리학적 관계를 모르는 홍 선생은 뒷일이 염려되어 그것도 할 수가 없었습니다. 홍 선생은 연하여 땀을 씻고는 배를 만져보고 배를 만져보고는 땀을 씻고 하였습니다. 전기 기계를 열었습니다. 둘러앉았던 환자의 남편이며 시어머니는 이 기계를 보고야 적이 안심된 듯이 서로 얼굴을 바라보며 수군거렸습니다.

치료는 시작되었습니다. 사실 이때에 기회만 있었더라면 홍 선생은 뒷문으로 빠져서 달아나기를 주저하지 않았겠습니다. 소심한 홍 선생은 땀을 뻘뻘 흘리며 손을 떨면서 환자의 배를 기계로 문질렀습니다. 그리하여 한창 거기 정신이 팔려서 문지를 때에 (홍 선생에게는 뜻밖으로서) 환자는 어느덧 숨소리 고요히 잠이 들었습니다. 어느덧 잠이 들었는지 잠든 것을 발견한 홍 선생은 환자를 눈이 끔벅끔벅 들여다보다가 문득 치료자로서의 긍지를 느끼면서 기계를 수습하고 머리를 들었습니다. 아까의 저품과 근심은 눈과 같이 사라졌습니다. 기계 뚜껑을 덮은 뒤에 손수건으로 두어 번 툭툭 먼지를 터는 홍 선생의 태도에는 개선한 장군과 같은 위엄과 자랑이 있었습니다.

그런 뒤에 여전히 식전 약으론 안티피린, 식후 약으론 위산을 몇 봉지 찾아준 뒤에 코 위에 걸린 안경을 어루만지면서 일어났습니다. 그리하여 많은 치하와 사례를 받은 뒤에 객주로 돌아오려고 그가 문에까지 이르렀을 때에 그 집 작은 주인이 따라 나오면서 그를 찾았습니다. 홍 선생은 가슴이 선뜩 내려앉았습니다. 그래서 못 들은 체하고 그냥 가려 할 때에 문까지 따라 나온 작은 주인은 마침내 홍 선생을 붙들었습니다.

"선생님, 이 사람을 데리고 가주십쇼."

"?"

"선생님과 같은 조선 사람이외다. 데리고 가서 마음대로 처분해 주십쇼."

"?"

거기에는 알지 못할 한 오십 세가량 된 조선 사람 하나가 공포로서 밉게까지 된 얼굴로 웅크리고 서 있었습니다. 새까맣게 터진, 주름살은 없지만 늙음을 나타내는 그의 얼굴은 사람의 살아가는 괴로움과 쓰라림을 넉넉히 말하고 있었습니다. 뿐만 아니라 더욱 놀랄 일은 그의 장작개비와 같이 빳빳 마른 두 손에는 순간 전까지 결박을 당하여 있던 노끈의 시뻘건 자리가 깊이 박혀 있었습니다.

"자칫하더면 만주서 고혼이 될 뻔했소이다."

홍 선생과 같이 홍 선생의 객주에 와서 한참 몸을 사시나무 떨듯 떨던 노인은 좀 진정이 된 뒤에 이렇게 한숨을 쉬었습니다. 그리하여 노인에게 이야기를 이리 듣고 저리 물은 결과로서 홍 선생이 안 바는 대략 이러하였습니다.

그 노인도 역시 홍 선생과 같은 의술가였습니다.

본시는 선비로서 공맹지도밖에는 아무것도 모르던 노인은 역시 생활난이라 하는 데 밀려서 만주로 쫓겨나왔습니다. 조선 땅을 떠날 때에는 마누라와 아들과 며느리와 몇백 원의 돈이 있었지만, 무서운 꼬임병이 만주를 한번 휩쓸어온 뒤에는 그에게 남은 것은 머릿속의 공맹지학밖에는 없었습니다. 홍 선생의 신학문이 밥이 못 되는 것과 마찬가지로 노인의 구학도 밥이 못 되었습니다. 노인은 역시 목숨을 보지해 나아가기 위하여 의술가로 개업하였습니다. 그리하여 한방의학의 '이열치열'이라는 원리에 좀 수정을 더해 '이열치병以熱治病'이라는 새 원리를 세워가지고 그는 온갖 병을 열로써 고쳐보려 하였습니다. 노인의 어렸을 때 경험으로 배가 아프면 불물을 배에 대고, 고뿔이 들리면 방을 덥게 하며, 식체는 손발을 더운물로 씻었으며, 이질에는 쑥 찜을 하였으며, 온갖 병에 한정과 온정이 유리한 것을 보았으니 이러한 결론에 이르는 것이 오히려 당연하였습니다.

노인은 쇠몽치를 하나 준비하였습니다. 굵기가 두 치 되고 길이가 한 간쯤 되는 쇠몽치의 좌우편 끝에는 나무 손잡이가 달렸으니, 이것이 이 노인의 유일무이한 치료기구였습니다. 어떤 병에든지 그는 그 쇠몽치를 불에 달구어가지고 환부에 굴렸습니다. 굴리고 굴리고 하여 환자가 정신이 얼떨떨한 듯하게 된 뒤에야 그는 치료가 끝난 것을 선언합니다.

'가열치료 대박학사大博學士.'

이러한 명색으로 만주 몇십 리를 쇠뭉치 하나를 밑천 삼아가지고 편답遍踏하던 노인은 아까 그 집(홍 선생이 갔던 집)에 불려가게 되었습니다.

"밥을 벌어먹자니 말이지 내가 병을 아오? 그래두 되놈의 병은 고치기가 쉬워요. 그놈들은 앓다 앓다 못해서 정 할 수 없이 되어 의술한테 옵니다그려. 그러니깐 의술한테 오는 놈은 죽게된 놈 아니면 다— 낫게 된 놈이야요. 그러니깐 게다가 쇠뭉치라도 데워서 굴려주면 죽을 놈은 죽고 그렇지 않으면 나았지, 병이 오래간다든가 하는 일은 쉽지 않구려. 그래 그놈의 집에 가니깐 년은 죽노라고 야단이고 놈들두 모두 눈이 퀭하니 있는데 내니 어떡헙니까. 또 쇠뭉치를 달궜지요. 그리구 한참 힘 있게 배에 굴려주었더니 년이 그만 까무러치겠지요. 그래서 따귀를 한 대 때렸구려, 년의……. 정신 차리라구 그랬더니 놈들이 뭐라구 뭐라구 하더니 나를 질근질근 동여서 움에 가둡디다그려. 년이 죽기만 하면 나두 죽인다구요. 난 다시 살기를 바라지 않았어요. 이제 살면 무얼 합니까, 생목숨 끊을 수가 없어서 이러구 다니지 이제 더 살면 낙 보기를 바라겠소? 그러니 죽어지는 날까지 먹기는 해야겠구. 망할 놈의 세상에 태어나서……."

노인은 한숨과 함께 말을 끊었습니다. 아아, 그러나 이렇듯 홍 선생에게 공명되는 이 노인의 이야기도 홍 선생은 침착히 들을 수가 없었습니다. 그의 얼굴에는 낭패의 빛이 떠 있었습니다.

"그럼 노인장은 인제 어떡허시려우?"

"역시 그밖에는 할 게 있소? 사실 말이지 생목숨을 끊을 수는 없습디다그려. 몇 번을 에라 죽어버리자구 해본 적은 있지만 그러나……."

"얼마 안 되지만 노비에 보태어 쓰시오. 그리구 노인장 여관에 가서 한잠 주무시오."

돌연 명령이었습니다. 홍 선생에게는 자기의 낭패한 빛을 감추든가 노인의 이야기를 더 듣는다든가 할 마음의 여유가 없었습니다.

'놈들이 뭐라구 뭐라구 하더니 날 질근질근 동여서……'

노인의 이야기 가운데 이 말 한마디뿐이 그의 귀에 박히고 그의 머리에 새겨져서 다른 생각은 도저히 할 수가 없었습니다. 이리하여 총총히 노인을 몰아낸 홍 선생은 노인의 외로운 뒷모양이 길모퉁이에서 사라지는 것을 본 뒤에 황급히 방 안에 뛰어들어와서 짐을 묶기 시작하였습니다.

죽지 않았나, 혹은 환자는 죽지 않았다 할지라도 뱃속의 어린 애가 전기 때문에 죽지나 않았나, 환자의 아까의 안정은 뱃속의 어린 애의 정지(죽음)로 말미암아 생겨난 일시적 현상이 아니었던가, 이런 생각을 어렴풋이 하며 밖을 내다보았습니다. 짐을 묶었다 다시 짐을 풀어서 옷을 꺼내고 다시 묶었다 옷을 벗었다 입었다 하던 그는 그래도 한 삼십분 뒤에 그 짐을 다 정리해가지고 셈을 치른 뒤에 그 여관을 떠났습니다. 아니 오히려 달아났습니다.

사람을 피하고 동리를 피하여 길을 가던 홍 선생은 그날 밤 멀리 동리의 불을 바라보면서 벌판에서 자기도 하였습니다.

여름 달밤이었습니다. 요를 펴고 별을 바라보면서 누워 있는 홍 선생에게는 만감이 왔다 갔다 하였습니다. 벌레들이 웁니다. 때때로는 알지 못할 새의 우는 소리도 들립니다. 이런 것을 바라보면서, 이런 것을 들으면서 두틀두틀하여 편안하지 않은 요를 연하여 고쳐 펴면서 홍 선생은 자기의 지난 일과 이제 올 일을 여러 가지로 생각해보았습니다.

'생목숨 끊을 수가 없어서 이러구 다니지 이제 더 살아서 낙보겠소?'

인생의 목적이 무엇이냐 하는 문제는 홍 선생은 생각해보려고도 아니하였습니다. 그러나 생각하기 전에 해답이 먼저 머리에 걸려 늘어지고 걸려 늘어지고 하였습니다. 인생의 목적은 먹고사는 데 있다고…… 그렇습니다. 이렇게 대답될 때에 한하여 홍 선생의 삶에도 한 점의 가치가 붙습니다. 먹고사는 것이 인생의 유일의 목적이라 하는 것뿐이 현재, 과거, 미래, 할 것 없이 홍 선생의 삶의 유의의有意義함을 설명하는 다만 하나의 길이었습니다.

그러나 돌이켜서 '먹고사는 것'은 인생의 목적에 도달하려는 한 수단이요 방법에 지나지 못한다 할 때에는 홍 선생의 삶은 '제로'가 되어버리겠습니다. 존재하는 것은 모두 다 합리적이라 한 헤겔의 주장을 그대로 신봉한 바는 아니지만, 본시 낙천적으로 생긴 홍 선생은 방랑의 몇 해 동안에 한번도 자기의 장래에 대하여 깊이 생각해본 적이 없었습니다. 이전 학생 시대에 그려둔 '장래'가 아직껏 머리에 찬란히 박혀서 굳은 신념으로서 남아있었습니다. 이러한 어렴풋한 개념으로 그는 아직껏 그 방랑을 쓰다 하지 않고 받아왔습니다. 어째서? 하는 의문은 그에게 일어나본 적은 없었습니다. 그러나 만약 여기 누가 있어서,

'어째서 너의 장래에는 광휘가 있겠느냐?'

고 묻는 이가 있다 하면 그는 서슴지 않고 대답하였겠습니다.

'나는 홍○○이다.'

고……. 간단하고 명료한 대답이외다. 그는 이만치 자기의 장래를 낙관하고 있었습니다.

그러나, '생목숨 끊을 수 없구……'라 하던 그 노인의 말은 홍선생이 아직 생각지도 않았던 새로운 질문을 그의 머리에 던졌습니다. '언제?'며 '어떤 방법으로?'며 '어떠한'이었습니다. 언제 어떠한 방법으로 혹은 어떤 길을 좇아서 어떠한 광휘가 그에게 이르겠느냐.

'하느님뿐이 아신다'고 튀겨버리기에는 너무 엄숙하고 비극적인 물음이었습니다. 어떠한 결과에 이르기에는 그 결과가 생겨날 만한 동기 혹은 원인과 거기까지 이르는 행위가 필요하다는 것은 예

전의 철인들이 지적한 진리였습니다. 그러면 홍 선생에게 이를 광휘는 어떤 원인으로 어떤 길을 밟아서 이르겠느냐.

방랑의 길을 떠나기 전에 때때로 생각하고 적어두었던 인생에 대한 그의 독창적 의견조차 벌써 잊어버린 그였습니다. 차차 머리가 말라가는 그였습니다. 더구나 지금에는 오늘날의 밥 문제밖에는 생각할 겨를도 없는 그였습니다. 언제 어떠한 길을 좇아 어떤 광휘가 그에게 이르나.

역시 벌레 소리가 들립니다. 알지 못할 새의 소리가 역시 때때로 들립니다. 하늘에는 별이 반짝입니다. 아까는 이마를 넘어서 보이던 달이 시방은 벌써 가슴 위로 넘어와서 여전히 서늘한 빛을 부었습니다. 그러나 홍 선생은 잠잘 생각도 안 하고 고민하고 있었습니다. 벌떡 일어나면서 성을 내어본 때도 있습니다. 그러나 역정이나 탄식이 사람의 번민에 광명을 주지 못하는 것은 예나 지금이나 일반이니 홍 선생의 번민은 사라질 바 없었습니다.

벌레 소리, 알지 못할 새 소리, 서늘한 달빛 가운데에서 홍 선생은 밤새도록 일어났다 누웠다 하면서 번민하였습니다.

그러나 배고픈 데 들어서는 양반 상놈이 없나니 며칠 지난 뒤에는 홍 선생은 여전히 호호탕탕히 덕국 백림 의학박사의 명색으로 치료 여행을 계속하는 자기를 발견하였습니다.

그리하여 그해 여름도 다 간 어떤 날, 어떤 자그마한 촌에 도착

한 홍 선생은 그 촌 어귀에 '가열치료 대박사 ○○○'이라 한 종이 간판을 보고 하하하였습니다. 주인을 잡은 뒤에 자기도 미국 화성돈 전기대학교 교수 홍○○이라 한 종이 간판을 몇 군데 붙이라고 시킨 뒤에 번번 나가 넘어지고 말았습니다.

'죽음보다 힘센 것은 주림이다.'

이리 뒹굴고 저리 뒹굴며 이런 생각을 어렴풋이 하면서 거기연하여 그 쇠몽치 노인이며 자기의 일을 회상하다가 어느덧 잠이 들었던 홍 선생은 누가 깨우는 바람에 중얼거리며 정신을 차렸습니다. 그것은 환자에게서 홍 선생을 좀 와달라는 심부름꾼이었습니다.

홍 선생은 치료기구를 수습해가지고 따라갔습니다.

환자는 뜻밖에 쇠몽치의 노인이었습니다.

"노인장 웬일이시오?"

"오래간만이외다. 여기서 또 선생님의 신세를 져야 될까 보외다."

"그래, 어디가 편찮으셔요?"

"눈이 보이질 않는구려. 한 사나흘 전부터 눈에 안개가 낀 것같이 흐릿하더니 오늘부터는 보이질 않는구려. 한번 좀 봐주시오"

홍 선생은 노인을 누인 뒤에 솜씨 익은 태도로 눈을 뒤집어보았습니다. 그러나 어디가 나쁜지 홍채도 있었습니다. 동자도 있었습니다. 출혈도 되지 않았습니다. 홍 선생은 노인의 눈앞에 손을 얼신얼신해보았습니다. 허공을 쳐다보며 깜박도 안 하는 것뿐이 병이지, 나쁜 곳은 발견할 수가 없었습니다.

"대체 무슨 병이오?"

노인은 근심스럽게 물었습니다.

"네? 그 급성안맹염이라는 병이외다."

"안맹염이라, 어째서 이런 병이 생기오?"

"글쎄, 공기 나쁜 데라도 가보신 일이 없습니까?"

"왜 없어요. 되놈, 더구나 앓던 놈의 집에만 다니니깐 맨날 공기 나쁜 데만 다니는 셈이지요."

"그 때문이외다."

"넉넉히 낫겠습니까?"

홍 선생은 노인의 얼굴을 보았습니다. 생목숨 끊을 수가 없어서 이러고 다니지 죽어지기만 하면 그것을 달게 받겠다던 그가 아니겠습니까. 한때는 인위적 죽음의 고개를 넘어서 본 일까지 있는 그가 아니었습니까? 그렇던 노인의 얼굴에 나타난 공포와 근심은 무엇을 뜻하겠습니까.

'죽음보다도 힘센 것은 주림입니다.'

홍 선생은 물러앉아서 눈이 멀거니 이런 생각만 하고 있었습니다. 오분이 지났습니다. 십분도 지났습니다. 노인은 기다리다 못하여 채근을 하였습니다.

"자, 어떻게든지 고쳐주시오."

고쳐? 이 문제야말로 홍 선생에게는 야단난 문제에 다름없었습니다. 홍 선생이 아직껏 거기까지 도달키를 꺼리는 문제이지만 또한 도달하지 않을 수 없는 문제였습니다.

어떻게 고치나. 안티피린과 위산이 쓸데없을 것은 거듭 말할 필요도 없습니다. 그러면 전기?

전기 또한 댈 곳이 없었습니다. 눈동자에도 전기를 댈 수 없는 것이며, 시신경을 지배하는 머리에다 대어도 나을 것 같지 않았습니다.

"네, 고쳐드리지요."

대답만 기계적으로 할 뿐 홍 선생은 역시 눈이 멀둥멀둥 다른 생각만 하고 있었습니다. 이러다가 세 번을 재촉을 받은 뒤에야 홍 선생은 정신을 가다듬고 머리를 들었습니다.

"네, 시재 약을 가져온 것이 없는데 주인에게 가서 지어 보내리다. 어떠리까, 곧 낫겠지요. 그리 걱정 마시고 누워계시오."

그리고 그는 안경을 한번 쓰다듬은 다음에 그 집을 나섰습니다.

여관으로 돌아온 홍 선생은 역시 눈이 멀거니 앉아버리고 말았습니다.

자, 어떡허나. 누른 안티피린과 위산이나 주어버리고 눈을 씻으라고 분산물이나 좀 타주면 그뿐일 것이었습니다. 그리고 그래도 낫지 않는다 하면 시기가 늦었다고 튀겨버리면 문제가 없는 것이었습니다. 그러나 홍 선생에게는 자기를 신뢰하는 동업자, 더구나 만주에 외로이 (밥을 위하여) 떠돌아다니는 동포까지 속이지는 차마 못 하였습니다.

도리메(야맹증), 도라호무(트라코마), 풍안, 노안, 가막눈…… 눈의 고장에 대한 몇 가지의 이름이 그의 머리에 왔다 갔다 하였습니다. 그러나 그 몇 가지가 모두 어떤 원인으로 어떤 증세로 나는 것은 홍 선생은 모르는 바였습니다. 더구나 어떻게 고치는지는 모를 바였습니다.

안티피린? 위산? 그는 허공과 같은 머리에 또 물어보았습니다. 그리고 안경을 한번 쓰다듬은 뒤에 번듯이 자빠지고 말았습니다.

그해 가을도 한 절반 간 어떤 날, 어떤 동리에 들어갔던 그는 거기 그 쇠몽치 의원이 와 있다는 말을 듣고 그다음 동리로 달아나고 말았습니다. 홍 선생의 들은 바에 의지하건대, 그 노인은 눈이 멀고 말았다 합니다. 그러나 지나인들은 오히려 맹 의원이라 하여 더 신비시해서 노인의 영업은 날로 번창한다 합니다.

그 뒤에 홍 선생은 여러 번 그 노인과 마주칠 뻔하였습니다. 그럴 때마다 홍 선생은 몰래 다른 동리로 달아나고 하였습니다.

그때부터 홍 선생의 입에 올라서 버릇이 된 한 가지의 말이 있었습니다.

'인생 도처에 유청산이라더니 인생 도처에 유방해로구나.'

개똥도 약에 쓰려면 없다는 반면에 원수를 외나무다리에서 만난다 하니 사람의 세상은 왜 이다지도 맘대로 안 되는 것입니까. 하늘이 주유를 냈거든 왜 또 공명을 냈습니까. 홍 선생은 그 뒤에 가는 곳마다 맹 의원의 이야기를 들었습니다. 그런 때마다 그는 '인생 도처에 유방해'라는 것을 통절히 느끼면서 그 동리를 달아나고 하였습니다.

그해도 다 가고 새해, 만주벌에 눈보라 몹시 치는 날이었습니다. 오후 세시쯤 어떤 동리에 들어갔던 그는 거기 병의원이 와 있단 말을 듣고 곧 돌아서서 다른 동리로 향하였습니다. 다른 동리는 그 동리에서 한 삼십 리 떨어져 있었습니다.

된바람과 함께 눈은 풀풀 얼굴과 온몸에 끼얹었습니다. 열 걸음 앞이 똑똑히 보이지 않았습니다. 물결과 같이 밀려오던 눈보라가 한번 휙 지나간 뒤에는 눈앞의 경치가 모두 달라지고 하였습니다. 아까는 언덕이던 곳이 문득 없어지며 또는 이제 있던 평원이 커다란 언덕이 되며…… 넓적다리까지 쑥쑥 빠질 때도 있다가는 어떤 때는 바위 위를 걷는 것같이 굳을 때도 있고…… 휙휙— 무서운 바람 소리도 들렸습니다.

홍 선생은 다른 동리로 가기를 그만두려 하였습니다. 그래서 온 길로 다시 돌아섰습니다.

그러나 한참 뒤에 그는 자기가 길을 잃은 것을 알았습니다. 아무리 가야 그 동리조차 발견할 수가 없었습니다.

그는 이마에 손을 대고 바라보았습니다. 눈보라! 그 밖에 또 눈보라…… 겹겹이 눈보라뿐이었습니다. 간혹 한순간씩 몇십 정町 밖이 보일 때도 있지만 일망무제한 눈의 광야뿐이었습니다. 동쪽도 눈보라, 서쪽도 눈보라, 그밖에 보이는 것은 눈의 광야, 동리나 인가는 어디 붙었는지 알 수 없었습니다.

죽었구나, 어디든지 가지는 대로 가보자 하고 홍 선생은 정처 없이 걸었습니다. 그의 얼굴도 눈과 얼음으로 한 겹 덮였습니다. 수염에만 (콧김 때문에) 눈이 없었지 그밖에는 몸집까지 한 커다란 덩어리로 변하였습니다. 촉각 신경은 벌써 감각을 잃어버렸습니다.

눈보라의 광야에도 밤이 이르렀습니다. 그러나 홍 선생은 동리나 인가를 발견하지 못하였습니다. 동으로 서로 남으로 북으로 방향 없이 헤맬 뿐이었습니다. 눈 때문에 그다지 어둡지는 않았습니다. 홍 선생은 이 유명幽明 가운데를 헐떡거리며 돌아다녔습니다.

마침내 그의 다리도 말을 듣지 않게 되었습니다. 벌써부터 아랫다리는 말을 안 들어서 넓적다리의 힘뿐으로 걸어 다니던 그는 넓적다리도 인제는 말을 안 듣는 것을 깨닫고 그 자리에 주저앉고 말았습니다.

인젠 죽었구나. 몸의 극도의 피곤과 함께 그의 머리도 극도로 피곤하였습니다. 그는 인젠 죽었다는 생각밖에는 다른 것은 할 여유가 없었습니다. 뿐만 아니라 그 '죽었다'는 것도 아무 강조나 공포가 없이 어렴풋이 생각되는 그런 종류의 생각이었습니다.

시신경도 인젠 작용을 못 하였습니다. 바람 소리가 무섭게 날터인데 들리지 않는 것을 보면 청신경도 못 쓰게 되었습니다.

'방기몽야方其夢也 부지기몽야不知其夢也 몽지중우점기몽언夢之中又占其夢焉 각이후지기몽야覺而後知其夢也.'

문득 몹시 똑똑히 이 장자의 한 구절이 그의 머리를 스치고 지나갔습니다. 그는 온몸의 힘과 신경을 모아가지고 팔을 움직였습니다. 이리하여 비상한 노력의 십여 분이 지난 뒤에 그는 전기 안마기에 스위치를 넣어가지고 그것을 가슴에 갖다 댔습니다. 그러나 이만 노력이 무슨 쓸데가 있겠습니까. 온몸이 차차 녹아오고 마비되어오는 것을 똑똑히 감각하던 그는(벌써 십 오륙 년 전에 동경 어떤 전차에서 본 일이 있는) 어떤 일본 계집애의 얼굴을 언뜻 보면서 영원한 침묵의 길을 떠났습니다. '인생 도처에 유청산'을 '인생 도처에 유방해'라고 고쳐가지고 늘 외던 그는 여기서 몸소 '인생 도처에 유청산'이라는 것을 보여주었습니다.

그러나 그의 마지막의 노력으로서 생을 얼마간이라도 붙들어 보려던 전기기계만은 애처로운 자기의 주인의 일생을 조사하는 듯이 그 뒤 이틀 동안을 눈 속에 깊이 묻혀서 웅웅 울고 있었습니다.

# 김덕수

해방 직후였다.

나는 어떤 동업 일본인 변호사의 집을 한 채 양도받아가지고 이 동네로 이사를 왔다.

이사를 와서 대강한 정리도 된 어떤 날 집으로 돌아오니까 아내는,

"김덕수네가 이 동네에 삽디다그려."

하는 보고를 하였다.

"김덕수란? 형사 말이요?"

"네…… 애국반장짜리, 애희의 남편."

"반장도 그럼 함께?"

"네……."

"녀석도 적산 한 채 얻은 셈인가?"

"아마 그런가봐요. 게다가, 그냥 이 해방된 나라에서도 경관 노릇을 하는지 금빛이 번쩍번쩍하는 경부 차림을 하고 다니던걸요……."

"흠……."

우리가 적산인 이 집으로 이사 오기 전에 ○○동네에 살 때에 덕수네와 서로 이웃해 살았다.

덕수는 경찰 고등계의 형사였다. 고등계 형사로 일본인 상전 아래서, 많은 사람을 잡아서, 죄를 만들어서 공로를 세워, 우리 한인

사이에는 상당히 미움과 무서움을 받던 인물이었다.

그의 아내 애희는 또 그 동네의 애국반장으로…… 남편은 형사, 아내는 반장이라, 그 동네에서는 상당히 세도를 하고 있었다.

1945년 8월 15일의 위대한 해방이 이르러서 김덕수의 손에 걸려 감옥살이하던 많은 인사들이 갑자기 출옥하자 혹 매 맞아 죽지나 않는가 근심했더니 덕수네는 어느덧 그 동네에서 자취가 없어져서 그저 그만그만 잊어버렸는데, 이 새집으로 이사 오고보니, 덕수네는 우리보다 먼저 이 동네에 와 살고 있다는 것이다.

전번 동네에서 덕수네와 이웃해 살기를 오 년이나 하였다. 그 오 년간을 내내 덕수의 아내 애희는 애국반장으로 있었기 때문에 자연 상종이 잦았고, 그런 관계로 나는 덕수라는 인물을 비교적 여러 각도로 볼 수가 있었다.

더욱이 내 직업이 전 재판소 판사요, 현 직업이 변호사였더니만치 덕수는 자기 독특의 우월감으로써 동네의 다른 사람과는 상대가 되지 않는다 하여 내게 찾아와서, 자기의 심경이며 환경을 하소연하고 하더니만치 그를 비교적 정확히 알았노라고 나는 스스로 자신한다.

덕수는 일본의 대정 중엽에 세상에 난 사람으로서 그의 부모는 구멍가게를 경영하는 영세한 시민이었다.

요행 소학교는 무사히 졸업하고 그러고는 경찰서의 급사로 들어갔다가 본시 영특한 자질이라 어름어름 '끄나풀'로 다시 형사로까지 승차를 한 것이었다.

그가 끄나풀에서 형사로까지 오른 그 시절은 한창 일본의 군국주의가 만주를 정복하고 중국을 정복하며 일변 한인의 일본인화(소위 내선일체주의)가 맹렬히 진척되던 시절이라, 본시 민족사상이라는 기초 훈육을 모르고 지낸 덕수는 자기는 한 황국신민으로, 그 점을 자랑으로도 여기고 그래야 할 의무로도 믿었다. 이 사상에 배치되는 행동이거나 운동을 하는 '불령선인'은 마땅히 배제해야 할 것이며, 그런 역도를 구축 배제하는 책임을 띤 자기의 직업은 아주 신성한 것으로 여겼다.

그런지라 그는 기를 써서 조선인 가운데 역도를 배제하기에 노력하였으며, 국가의 역적을 없이해서 '반도인'의 명예를 훼손하지 않기 위해서는 최선의 힘을 아끼지 않았다. 고문 명수, 자백 자아내는 명인이라는 칭호가 어느덧 그네에게 씌워지고, 상관의신임도 차차 두터워질 때에 그는 이것을 추호도 자책하는 마음이 없이, 자기의 자랑으로 알고 명예로 알고 자기의 천직으로 알았다.

그는 소위 사회의 명사라고 꺼떡이는 인물들에게는 일종의 반항심과 증오심을 품고, 그런 인물은 골라가며 뒤를 밟고 탐사하고 하였다. 사람이란 죄를 씌우자면 면할 사람이 없는 법이라, 아니꼬운 인물은 잡아다가 두들기고 물 먹이고 잡담 제하고 토사를 강요하면 무슨 토사 간에 나오고, 한 가지의 토사가 나오면 그 연루가 넓게 퍼져서 한 개의 큰 '음모 사건'이 조출되고 하는 것에 일종의 재미와 쾌감까지 느꼈다. 이리하여 덕수가 한번 노리기만 한 사람이면, 반드시 무슨 사건의 주범으로 되어 검사국으로 넘어가고, 검사국에서는 이 사건이 복잡다단하다 하여 예심으로 넘기고 하여, 명형사 김덕수의 이름은 이 방면에는 꽤 컸다.

그의 아내 애희는 어느 여고보 출신이라 한다. 애희가 애국반장이 되고 당시의 민생이 전혀 애국반을 통해 영위되었기 때문에 우리 집과도 상종이 있게 되었는데, 애희는 남편 덕수의 지극한 애국심과 충성 (애희는 그렇게 믿었다) 등에 대하여 아주 공명하여 자기보다 학력이 낮은 남편이지만 매우 존경하였다.

애희는 뽐내기를 좋아하고 비교적 욕심은 적으나 명예욕은 센 사람이었다. 사회의 누구누구라는 명사들이 자기 남편의 앞에 굴복하고 자백하고 하는 모양을 꽤 기쁘게 생각하는 모양으로, 우리 집에 와서 흔히 그런 자랑을 하는 일이 있었지만, 물자 배급같은 것은 비교적 정직하고 공평하게, 더욱이 특수 물자는 제 몫은 빠지고 반원들에게 나누어주고 (생색내기 위하여) 하여 비교적 평판이 좋았다. 하기는 그런 배급물 등은 자기네는 받지 않을지라도, 딴 길로 들어오는 물자가 꽤 풍부한 모양으로 다른 '반'에는 나오지 않은 배급을 때때로 소위 '반장 배급'이라 하여 '하도 이런 것은 시가에서는 볼 수 없는 물건이기로, 우리 집에 있던 물건을 여러분께 나누어드립니다'고, 광목 양말 등을 특배하는 일도 있었다.

내가 연구한 바에 의지하건대, 그들은 진정한 일본제국 신민이었다.

대정 중엽 혹은 말엽에 세상에 나서 가정에서는 무슨 다른 교육이 없이, 학교에서는 황국신민으로서의 교육만 받아왔고, 더욱이 만주사변 이후 중일전쟁 기간은 더욱이 격화된 소위 '황민화' 소위 '내선일체' 소위 '내선 동근동조' 사상의 추진 교육 아래서 지식을 성취한 그들이라. 그들의 부조父祖가 조선인이라는, 일본인과는 별다른 종족이었다는 점은 애초에 알지도 못하고, 다만 '내지'와 '조선'이 서로 말과 풍습이 다른 것은 가운데 현해탄이 끼여서 멀리 격해 있기 때문이지 '내지'의 구주 지방과 동북 지방이 사투리가 다르고 풍습이 다른 것이나 일반으로, 다만, 내지 끼리끼리보다 조선은 거리가 더 멀기 때문에 더 차이가 큰 것이라고쯤 생각하는 모양이었다.

그런지라, 덕수에게 있어서는, 일본제국에 방해되는 상을 가진 사람은 역적으로 보이고, 게다가 젊은 혈기와 공명심까지 아울러서, 그의 직권을 이용하고 남용하여 '고문 명인'이라는 칭호까지 듣게 된 것이요, 아내(애국반장) 애희는 동네 여인들의 불평을 사리만치, 방공 연습이며 국방헌금 저금에 열렬한 것이었다.

우리 같은, 구 대한제국 시절에 태어나서 고종 황제와 순종 황제를 임금으로 섬긴 늙은 축으로는 이해하기 곤란하리만치, 모든 애국 운동(일본에의)에 지극히 정성스러웠다.

그러나 우리도 표면은 황국신민인 체를 하지 않을 수 없는 비상시국이었다. 약간만이라도 눈치 달랐다가는 덕수의 눈에 걸릴 것이라, 방공 훈련에 나오라면 하던 빨래를 던지고라도 나가야했고, 헌금이나 예금 국채 구입을 하라면 주머니를 벌리지 않을 수 없었다.

애희는 꽤 영리한 여인으로서, 공채거나 예금 등에 있어서는 빈부와 수입 등을 참 잘 고려하여 나무람 없도록 배정하고, 더욱이 자기네가 솔선해 가장 많이 책임져서, 다른 사람으로서는 용훼할 여지가 없게 하였다.

이럴 즈음에 1945년 8월 15일의 국가 해방의 날이 온 것이었다.

그 해방의 흥분 가운데서, 서대문 형무소의 문이 열리고 거기서는 많은 사상범이 청천백일靑天白日의 몸이 되어 해방의 새 나라로 뛰쳐나왔다.

이 일이 덕수 내외에게는 무슨 일인지 모르겠는 모양이었다.

며칠 지나서, 몇 장정이 덕수의 집으로 와서 무슨 힐난을 하다가 덕수를 두들겼다.

또 며칠 지나서는 덕수 내외는 이 동네에서 사라져 없어졌다.

그러나 국가 해방의 흥분의 시절이라, 그런 일에 그다지 마음두지 않았다. 어디로 뛰거나 혹은 매 맞아 죽었거나 했겠지쯤으로 무심히 보아두었다.

그러는 중 나도 어떤 일본인 동료(변호사)의 집을 한 채 양도받아서, 그리로 이사를 온 것이다.

그랬더니, 얼마 전 종적 사라진 덕수네가 이 동네에 살고 있는 것이었다. 더욱이 덕수는 금빛 찬란한 군정부 경무부의 정복으로서……

대체 군정부는, 미국인의 하는 일이라 우리 민족의 감정 따위는 고려하지 않고, 제멋대로만 해나가는 행정기관이지만 제아무리 경험의 전력자라 할지라도, 민족적 분노를 사고 있는 부류의 사람을 그냥 그 자리에 머물러두는 것은, 좀 괴심한 일이겠지만, 덕수 자신으로 보자면 이 해방된 새 나라에 그냥 삶을 유지하려면 '경관'이라는 무장적 보호가 절대로 필요하였을 것이다.

덕수네는 자기의 전력을 아는 이가 또 같은 동네에 살게 된 것이 얼마간 재미없던지, 처음 얼마는 우리를 외면하며 피하는 태도를 취하더니 그 아내 애희가 먼저 내 아내와 아는 척하기 시작하여 다시 서로 왕래가 시작되었는데 그의 뽐내고 생색내기 좋아하는 성질로서 지금의 새 세상에서 경부로 승차한 남편을 내 아내에게 자랑하며, 예나 지금이나 일반인 '전 판사, 현 변호사'인 우리에게의 일종의 우월감적 태도를 취하려는 기색이 보이더라는 것이었다.

그러나 그들 내외에게 있어서는, 전 일본제국 조선 지방 신민이 왜 8·15 이후에는 조국이요 모국인 일본은 분명 망해 들어가는 꼬락서니인데도 불구하고, 해방되었노라고 기뻐하는지 그 진정한 속살은 이해하기 힘들어 내심 불안에 갈팡질팡하는 모양이었다.

이에 나는 생각하였다. 일본의 대정이나 소화 연대에 출생한 우리 사람도 수백만이 될 것이다. 가정에서의 특별한 지도가 없는 이상에는 혹은 시대에 영합하기 위하여 혹은 시대에 뒤떨어지지 않기 위하여, 가정에서도 그 자녀를 일본 신민 만들기를 목표로 교육하거나 혹은 그저 방임해두거나 한 아이들은, 소학교에서부터 일본(황국) 신민 되기를 강조하는 교육을 받았는지라, 근본 사상이 애초에 일본 신민으로 되어 있는 사람이 적지 않을 것이다.

어느 날 전차에서 견문한 바이지만, 어떤 노동자가 기껏 일본인을 욕해 말하느라고 '내지 놈, 내지 놈' 하는 것을 보았는데, 그런 축들은 기껏 자기를 '반도인'으로, 일본인을 '내지인'으로밖에 인식하지 못하는 인생이다. 그런 축의 자제는 대개 자기는 일본 신민으로밖에는 인식하지 못할 것이다.

이러한 청소년들에게 우리 전래의 조선 혼을 다시 부어 넣고 배양하기 위해서는 장차 수십 년의 세월이 걸려야 할 것이다.

국가는 해방되었으나 아직 국권을 못 잡은 우리가…… 아아, 요원하고 지중한 문제로구나.

덕수 내외는, 처음 한동안은 우리 내외에게 좀 회피하는 태도를 취하다가 그 뒤에는 자기는 경부라는 우월감을 품고 예나 지금이나 변동 없는 우리에게 다시 상종을 시작했다. 사실 그들의 눈에는 모든 조선 사람이 혹은 사장이 되고 전무가 되고 중역이 되고,

제각기 출세하는 이 경기 좋은 판국에서, 십 년을 하루같이 '전 판사, 현 변호사'라는 움직임 없는 자리에 있는 우리에게 정떨어질 것이었다.

그즈음에 이 서울에는 한 가지 색채 다른 사건이 생겨서, 사람들의 눈을 둥그렇게 하였다.

즉 이전 총독부 시절에 이 땅 사상계의 인물에게 아주 혹독하고 무섭게 굴던 어떤 일본인 경부가 총에 맞아 죽었다.

그 일본인이 경부로 있을 때 그 부하로 있어서, 상관에 못지않은 활약을 한 덕수는 이 사건에 가슴이 서늘해진 모양이었다.

이 새 동네에서는 가장 오래전부터 면식이 있는 우리 집이 그래도 서로 통사정을 할 수가 있었던지, 덕수의 아내 애희가 지금껏의 생색내고 뽐내는 태도의 대신으로 당황한 기색으로 찾아와서 내 아내에게 그 사정을 호소하였다.

호인이요 남에게 싫은 소리를 하기를 꺼리는 내 아내는 그때 애희에게 대하여 그저 대강 이는 민족적 노염이니 할 수 없는 일이라 하고, 그대 네도 이전 매 맞은 일이 있는 것이 모두 그 당시 그대 남편에게 부당한 대접을 받은 사람의 사사로운 원염이 아니고, 민족으로서의 노염이라는 뜻으로 대답해준 모양이었다.

그 수삼 일 뒤, 덕수 자신이 이번은 나를 찾아왔다. 금빛 찬란한 경부의 제복을 입은 채로…….

"영감."

변호사라는 직업에 대한 보통 칭호지만 덕수는 아직껏 내게 불러보지 않은 이 칭호로써 나를 불렀다.

"이런 법이 어디 있습니까? ○○경부(일본인 경부) 사살자인 범인으로 지목되는 자를 발견해서 체포하려 하니까, 상부에서 그냥 버려두랍니다그려. 법치국가에 이런 법이 있겠습니까?"

"김 경부, 김 경부는 그 일에 그저 모른 체해두오. 김 경부도 전일 폭행당한 일이 있지만 '민족의 분노'는 국법이 용인해야 하는 게요."

"그렇지만 살인자 사死는, 하늘의 법률이 아니오니까?"

"살인해서 중심衆心을 쾌하게 하는 자는 하늘이 칭찬할게요. 대체……."

여기서 나는 그에게, 우리 민족과 일본 민족의 사이에 얽힌 역사적 인연을 자세히 설명해주고, 한일합병과 그 뒤의 일본족의 행패며, 근일 일본이 전쟁에 급하게 되어 내선일체 동근동족이라는 간판을 내세워서 우리를 끌려던 자초지종을 그에게 말해주었다.

나의 이야기하는 동안 미심한 점은 질문을 해가면서 다 들은 덕수는, 비교적 총명한 자질이라, 대개 이해하겠다는 모양이었다. 내 이야기를 다 들은 뒤에 잠시 머리를 숙여 생각한 뒤에 긴 한숨을 쉬며,

"영감, 잘 알았습니다. 듣고 보니 가증한 일본이올시다그려."

하고는 잠깐 말을 끊었다가 이번은 미소를 하며 뒷말을 하였다.

"그렇지만 영감, 비국민적 생각인지는 모르지만 구정은 난망이라, 내겐 일본인이 가끔 그립습니다. 더욱이 ○인의 우월감적 태도를 보면 그야말로 반감이 생기고, 일본인이 동포같이 생각됩니다그려."

"인정이 혹은 그렇겠지. 우리 같은 늙은이는 옛 한국의 백성이라 이번 태평양전쟁 때 같은 때도, 일본이 패망하면 우리 민족은 일본의 식민지로서 어떤 비참한 지경에 떨어질지 모르면서도, 다만 일본에 대한 증오심 적개심으로 일본의 패배를 바랐으니……."

"그 대신 우리 같은 젊은 축은, 그런 사상(일본 패배)을 가진 사람은 참으로 비국민이라고, 밉고 가증해서 경찰에서도 죽어라 하고 때렸습니다그려. 죽은 사람도 적지 않지만……."

"그게 살인자 사死로 처리됐소?"

"아, 왜요? 직권이요 애국 행동인데야……."

"일본 경부 사살 사건도 '살인자'가 아니라 쾌심자니 경찰도 모른 체하는 거요. 김 경부, 한인이 되시오. 내 나라로 돌아오시오."

아아, 그러나 우리나라 안에, 아직 진정하게 조국 사상에 환원하지 못한 젊은이가 진실로 수백만 명이 될 것이다. 이들을 모두 내 나라 내 조국의 백성으로 환원시키려면 과거에 일본인이 우리를 일본화하려던 그만한 노력과 그만한 날짜가 걸려야 할 것이다. 이 문제는 우리 건국에 지대한 과제라 아니할 수 없다.

지난날 일본인이, 조선의 서른 살 이상의 사람은 다 죽은 후에야 조선은 참말로 일본제국의 일부가 될 것이다 하였지만, 사실해방 이후에 교육받은 아이들이 이 땅의 주인이 된 뒤에야 비로소 이 땅은 진정한 우리 땅이 될 것이다.

그런 일이 있은 뒤부터는 덕수는 흔히 나를 찾아와서 나에게조선학을 듣고 민족사상을 듣고 하였다. 본시 총명한 사람이라, 제 마음에 남아 있는 일본적 뿌리를 빼버리려는 노력이 분명히 보였다.

나는 이를 흡족하게 보았다. 단 한 사람이라도 조국 정신에 환원시키는 일이 기특한 일이라는 것을 스스로 느끼고, 덕수에게 꽤 호감을 가지게 되었다.

그때에 이 땅에는 또 색채 다른 사건이 하나 생겼다.

즉, 옛날의 재판소 검사요 그 뒤에는 황민화 운동의 무슨 단체의 수령이었던 어떤 일본인이 무슨 사소한 횡령 사건으로 법에 걸려 처단을 받은 사건이었다.

이 땅에서 모두 철퇴하는 일본인이라, 사기며 횡령 등의 사건은 부지기수였지만, 하필 이 사건만은 문제가 되어서, 법의 처단을 받아, 예전에는 제 지배하에 있던 서대문 형무소에 수감이 된 것이었다.

역시 민족의 노염이었다. 쫓겨가는 인종의 사소한 허물을 일일이 들추어 무엇하리오만, 그 일본인(전 검사)에게는 민족의 노염이 부어져 있어서, 한 몽치 내릴 무슨 핑계만 기다리고 있던 차라, 이 문제되지 않을 문제가 법에 걸린 것이었다. 이 사건에 있어서 김덕수가 비교적 정확한 판단을 내린 것을 보고 나는 기뻐하였다.

"영감, 흠을 잡으려고 노리노라니 그 모 검사나 걸려든 게지요?"

"옳소. 이 처단이 그에게는 되려 다행일 게요. 이렇게 걸리지 않았더면 그도 혹은 총을 맞았을는지도 모를 게요. 우리 민족에게는 총 맞을 죄를 지은 자니까……."

"나도 썩 삼가겠습니다. 과거의 잘못을 사죄하는 뜻으로라도, 썩 잘 처신하겠습니다."

사실 현 군정부의 요직에 있는 사람 가운데에 덕수의 고문 몽치를 겪은 사람이 적지 않았다.

그가 스스로 겁내고 스스로 근신하는 것도 당연한 일이었다. 자칫하면 민족적 노염에 걸려들 자기의 입장을 이해하느니만치, 그는 전전긍긍하는 모양이었다.

더욱이 그의 열혈적 성격이 자기의 한인이라는 점을 알아낸 만치, 스스로 애국심을 자아내려는 모양도 역력히 보였다.

군정 당국이 조선에 대한 방침이 약간 달라져 이전은 같은 연합군이라 하여 칭찬하기만 장려하던 방침이 변경되어, 공산당은 나라를 망치려는 단체라 하여 좌익 계열이며 그들의 조국이라는 소련에 대한 공격 비난이 공인되고 공행되는 세월이 이르렀다.

그 어떤 날 덕수가 나를 찾아왔다.

한참을 이런 이야기 저런 이야기 하다가 문득 이런 말을 하였다.

"참 악질입니다. 좌익 극렬분자들……."

"왜 또 새삼스레?"

"뻔한 증거를 내대고 아무리 문초해도 결코 승인하거나 자백하지 않습니다그려. 증거가 분명한 일도 그냥 모르노라고 고집하고 버티니까 참 가증하고 얄밉지요."

그는 사뭇 얄밉다는 듯이 위를 향하여 담배 연기를 내뿜으며,

"그저 매에 장수 없다고, 두들기고 물 먹이고 해야 비로소 토사가 나옵니다그려. 그러기 전에는 아무리 역연한 증거를 내대어도, 그냥 모르노라고 뻗대니까……."

"여전히 고문을 잘하시오?"

"허허, 안 할 수 없습니다. 가증해서라도 주먹이 저절로 나오거니와, 주먹 아니고는 토사하지 않고, 토사가 없이는 법이 범죄를 인정하지 않으니까요."

"그래도 고문은 피해야지."

"고문 않고는 하나도 자백을 받지 못합니다. 변재變才가 능해서 교묘하게 피하거나, 정 몰리면 입을 봉해버리거나 해서, 절대로 승인이나 자백을 않습니다."

"그래도 고문에 의지한 자백은 법률이 승인하지를 않지."

"두들겨서라도 자백을 받고 그 자백을 입증하는 물적 증거까지

겸하는 데도요?"

"글쎄…… 그래도…… 고문은……."

"나도 압니다. 고문은 법률이 금한 게고 인도에 어긋나는 일인 줄은. 그래도 가증한 꼴을 볼 때는 주먹이 저절로 앞서는 걸 어쩝니까? 꼭 자백을 얻기 위한 수단으로 보담도 감정적으로, 주먹 행동이 앞서게 되는걸요."

"여전히 고문 찬성론자……."

"암, 고문 대장 고문 선수로 왜정 때부터 이름 높은 김덕수 부장이 아니오니까? 오늘날의 김 경부를 쌓아올린 기초가 고문인데……."

그는 스스로 미소…… 다시 너털웃음까지 웃으면서 이렇게 말하였다.

"그래도 심한 고문은 피하시오."

"안 돼요. 그자들은 무슨 범행을 할 때에 애초에 교묘하게 피할 수 있을 핑계를 다 만들어가지고 행하니까, 말로는 꼭 그들에게 집니다. 매밖에는 장수가 없어요."

"최근에는 매질을 좀 잘한 일이 있소?"

나는 웃으며 물었다.

"이즘이야 부하에게 시켜서 하지 내가 직접 매질하지는 않지만 오늘도 상당히 두들겼습니다."

"지금도 무슨 큰 사건이 있소?"

"그건 좀 비밀이지만, 좌익 극렬분자의 배국背國 행동입니다."

그가 전일 스스로 자기는 일본인이노라고 믿던 시절의 그의 정의감으로 그때의 범인에게 행하던 폭력주의가 연상되어, 지금의 고문을 대개 짐작할 수 있었다.

"그렇지만 김 경부, 인명은 지중한 게요. 피의자의 생명까지 위험한 폭력은 삼가시오. 그들은 우리 동포요. 다만 일시적 유혹에 속은 따름이지 같은 조상의 피를 가진 우리의 동포요. 인도라는 문제보다도, 법률문제보다도, 동포 동족이라는 문제를 먼저생각해야 됩니다."

"아, 이 땅을 소련국 조선현으로 여기는 사람도 동포입니까?"

"또 고문에 의지해서 얻은 자백은 공판에서 다시 번복됩니다."

"네. 나도 그 점을 생각합니다. 고문만이 아닐지라도 그 잔악한 극렬분자들은 공판장에서는 교묘한 말로 사건을 번복시키는게 또 사실입니다. 그러니만치 그들의 죄에 대한 처단을 애초에 경찰에서 폭력으로 응징해두어야 속이 풀리지, 경찰에서까지 인도주의를 써서 우물쭈물해두면 민족적 분노는 그냥 엉킨 채 풀릴 길이 없지 않겠습니까?"

"경찰관에게는 역시 경찰관적 철학이 계시군."

나도 껄껄 웃는 바람에 그도 소리 내어 웃었다.

그런데 그다음 다음날 도하의 각 신문은 톱기사로서 커다란 활자를 아낌없이 사용하여 '왜정 시대에 고문 대장으로 이름 높던 형사 김덕수가 이 해방된 세월에도 여전히 경찰 경부로 남아서 그 흉수를 놀린다'는 제목 아래, 덕수가 예전에 누구누구 등 현재의 명사들을 어떻게 난폭하게 고문하였으며 그 덕수가 여전히 경찰계에 더욱이 경부로 승차를 하여, 모 사건 취조에 어떠한 고문을 하여, 무리한 자백을 자아냈다는 기사가 각 지면을 장식하였다.

그로부터 또 며칠 뒤, 신문지는 또 김덕수에 관한 기사를 보도하였다. 그 기사에 의지하건대, '고문 대장 김덕수 경부는 그 잔학한 고문으로 벌써 물론이 높거니와 또 어느 피의자에게서 뇌물로 쌀 서 말을 받아먹은 사실이 검찰 당국에 알린바 되어서 파면당하고 기소 수감되었다'는 것이었다.

이 기사를 보고 나는 뜻하지 않게 혀를 찼다.

사실 수감되었는지 어떤지는 알아보아야 할 일이지만 이것은 너무 심한 채찍질이 아닐까.

그가 일정 시대에 좀 심한 고문을 하여 적지 않은 사람에게 원염을 산 것은 사실이다.

그러나 자세히 따지자면 그 자신이 받은 교육 때문에 그는 자기 자신을 일본인으로 알고, 일본에 충성 되기 위한 행동이었다.

우리처럼 한국의 신민으로 태어나서 중간에 일본으로 변절한 사람은 어떤 채찍을 맞아도 불복하지 못하겠지만, 덕수처럼 어려서부터 한국의 존재를 모르고 나서 자란 사람이 일본을 조국으로 여기는 것은 책할 일이 못 된다.

그가 일본인이라는 자각 아래서, 일본의 반역자에게 좀 잔학한 일을 했다 한들 그것은 그리 욕할 바가 아니다.

현재의 덕수의 행동을 가지고 인도에 벗어난다 하면 모를 일이로되, 지난날의 일을 들추어내어 욕하는 것은 다만 욕하기 위한 욕일 따름이다.

모 일본인 경부의 피살 사건이며 일본인 검사의 피검 사건이며 모두가 민족적 노염이 부어져 있기 때문에, 딴 핑계 잡아내어 그것으로 노염풀이를 하는 것이다.

쌀 서 말의 수회? 몇백만 원, 몇천만 원도 껌찍껌찍 삼키고 그러고도 무사한 이 판국에 쌀 단서 말로, 그것을 무슨 수회라 하랴.

다만 고문이니 인도니 하는 문제보다도 민족적 미움이 부어져 있던 김덕수라, 역시 민족적 정기에 벗어나 좌익 계열에 대한 고문 혹형에는 문제가 안 일어나고, 쌀 서 말에 문제가 생긴 것이었다.

아내를 덕수의 집에 보내서 수감된 여부를 알아보았더니 과연 어제부터 집에 안 들어온다 하며 덕수의 아내 혼자 있더라는 것이다.

덕수와 오래 이웃해 산 정분도 있거니와 덕수의 사건에는 동정할 여지도 있어서 나는 덕수의 사건의 변호를 자청해서 맡고, 어떤 날 그가 수감되어 있는 형무소로 변호사의 자격으로 그를 면회하였다.

면회실에서 그와 대하여, 내가 그대 변호인이 되고자 왔노라고 내 뜻을 말했더니 그는,

"제 아내가 부탁합니까?"

고 묻는다. 그래서 그런 게 아니고, 내가 그대의 심경이며 행위에 어떤 정도까지의 이해가 있어서 자진해 변호하겠노라고 했더니, 그는 잠시 머리를 숙이고 생각하고서 천천히 말을 꺼냈다.

"그건 그만둬주십쇼. 고맙습니다만……."

"왜? 왜 그러오?"

"선생님, 제가 이번 기소된 건 쌀 서 말…… 부끄럽습니다만…… 서 말 문제지만 저를 기소되게까지 한 것은, 말하자면 민족적 증오가 아니오니까? 전 양심에 추호 부끄러운 바 없으니, 민족의 매질을 달게 받겠습니다. 사실을 말씀드리자면 전 늘 괴로웠어요. 모르고서나마 제가 전날 왜경의 일인으로 우리 동포에게 지은 죄가 지대해요. 그 죄의 벌을 받기 전에는 언제까지든 무슨 큰 빚을 진 것 같은 압박감에서 면할 수가 없었어요. 오늘날 사소한 일을 실마리로 민족의 채찍을 받는다 하면 그 받은 이튿날부터는 마음이 가벼워지겠습니다. 그러니까 저는 그저 내리는 채찍을 피하지 않고 고맙게 받겠습니다. 선생님의 호의는 감사합니다만……."

이리하여 전 경부 김덕수는 공판정에서도 아무 딴소리 없이 그의 등에 내리는 민족의 채찍을 고요히 받고, 현재 형무소에 복역 중이다.

# 화환

잠결에 웅성웅성하는 소리를 듣고 효남이가 곤한 잠에서 깨어났을 때에는 새벽 두시쯤이었다. 그가 잠에 취한 눈을 어렴풋이 뜰 때에, 처음에 눈에 뜨인 것은 어머니의 얼굴이었다. 그 어머니의 얼굴을 보며 어린 마음에 안심을 하면서 몸을 돌아누울 때에 두 번째 눈에 뜨인 것은 아버지였다. 효남이의 다시 감으려던 눈은 그 반대로 조금 더 크게 떠졌다.

아버지는 어느 길을 떠나려는지 차림차림이 길 떠나는 차림이었다. 그것뿐으로도 어린 효남의 호기심을 채우기에 넉넉할 텐데, 아버지와 어머니가 서로 바라보는 얼굴은 과연 이상한 것이었다. 아버지의 얼굴은 험상스러웠다. 어머니의 얼굴에는 눈물의 자취가 있었다. 그리고 서로 바라보는 두 쌍의 눈…… 거기에는 공포와 증오와 애착과 별리가 서로 어울리고 있었다.

이런 광경을 잠에 취한 몽롱한 눈으로 바라보던 효남이는 자기도 모르는 틈에 또다시 곤한 잠에 빠졌다.

효남이는 열세 살이었다.

그의 아버지는 고물 행상을 하였다.

푼푼이 벌어들이는 돈, 그것은 만약 절용하여 쓰기만 하면 그 집안의 세 식구는 굶지는 않고 지낼만한 것이었다. 그러나 술을 즐

겨하고 성질이 포악한 그의 아버지는 제가 버는 돈은 제 용처 뿐에 썼다. 집안은 가난하기가 짝이 없었다. 어머니의 품팔이로 들어오는 돈으로 어머니와 아들이 지내왔다.

열두 살부터 효남이도 때때로 돈벌이를 하였다. 활동사진관의 하다모치, 혹은 장의사의 화환 모치, 이런 것으로 때때로 이십 전씩 벌었다. 그렇게 얼마를 지내다가 그는 마침내 K 장의사의 전속으로 되었다.

그의 하는 일이라는 것은 화환을 들고 영결식장까지 장사 행렬을 따라가는 것이었다. 그는 일공으로 십 전씩 받았다. 그리고 화환을 들고 장렬葬列을 따라갔던 날은 특별수당으로 이십 전씩 더 받았다. 그의 수입은 한 달에 평균 잡아서 오륙 원씩 되었다.

그는 아버지와 대면할 기회가 쉽지 않았다. 아버지는 집에서 자는 일이 적었다. 간혹 어떻게 집에서 잔다 할지라도 벌써 효남이가 잠이 든 뒤에 들어왔다가 효남이가 일을 하러 나간 뒤에야 일어났다. 그런지 엄밀히 말하면 효남이는 제 아버지의 얼굴을 똑똑히 모른다 할 수도 있었다. 누가 갑자기 효남이에게 '네 아버지의 코 아래 수염이 있느냐, 없느냐' 물으면 효남이는 생각해보지 않고는 대답을 못 하리만치 낯선 얼굴이었다.

이러한 아래에서 자라난 효남인지라 효남이는 제 아버지에게 대하여는 아무런 애착도 가지지 못하였다. 피할 수 없는 핏줄의 힘으로 혹은 남보다 조금 다르게 생각되기는 하였으나, 부자지간에 당연히 있어야 할 애착이라는 것은 없었다.

무뢰한, 인정없는 녀석, 포학한 녀석, 짐승 같은 녀석…… 이러한 이름 아래 불리는 그의 아버지는 효남에게는 오히려 지긋지긋하고 무서운 사람이었다.

효남이는 흔히 제 아버지가 어머니를 때리는 무서운 소리에 곤한 잠에서 깨곤 하였다. 그리고 깰지라도 그는 꿈쩍 못 하고 그냥 자는 체하고 하였다.

어렸을 때부터의 경험으로써 만약 방관자가 있으면 (그것이 설혹 철모르는 어린애일지라도) 그의 아버지의 기는 더욱 승승하여서 그의 포악함이 더욱 커지는 것을 잘 알므로 효남이는 설혹 잠에서 깨었을지라도 깬 기색을 아버지에게 알게 하지 않았다. 그리고 혼자서 무서움과 분함으로 몸을 떨곤 하였다.

그날 밤도 웅성웅성하는 소리에 놀라 깬 효남이는 눈을 뜰 때에 눈앞에 당연히 전개되어 있을 활극의 자취를 예기하였다. 그러나 거기는 아무 활극의 자취도 없을뿐더러, 제 아버지의 얼굴에서 오히려 비겁이라고 형용하고 싶은 공포의 표정을 볼 때에 효남이는 안심과 함께 일종의 불만조차 느끼면서 다시 곤한 잠에 빠진 것이었다.

이튿날 아침, 어머니의 앞에서 조반을 먹던 효남이는 문득 어젯밤의 일이 생각나서 어머니를 찾았다.

"어머니."

"왜."

"어젯밤에 아버지 왔었지?"

"음."

"어디 갔어?"

어머니는 대답하지 않았다. 그리고 좀 있다가 손을 들어서 효남의 등을 쓸었다.

"효남아, 너 커서 좋은 사람 되어라."

"아버지 어디 갔어?"

"그리구, 돈 많이 벌구."

"아버지 어디 갔어?"

어머니는 아버지의 간 곳에 대하여는 역시 대답이 없었다. 그러나 효남이는 그때의 어머니의 입에서 새어나온 한숨의 소리를 들었다. 비록 어리나 그런 방면에는 총명한 효남이는 다시 묻지 않았다. 거기에는 무슨 불길한 일이 숨어 있는 것을 효남이는 짐작하였다. 더구나 효남이가 전과 같이 장의사로 가려고 집을 나설 때에 어머니는 전과 달리 그를 문밖까지 바래다주면서,

"너의 아버지는 다시 안 오신단다."

하면서 약한 한숨을 쉬는 것을 보고 효남의 어린 마음에는 까닭은 모르지만 무서운 불길한 예감이 막연히 일어났다.

그날 저녁의 신문지는 이 도회에서 어젯밤에 생긴 무서운 참극

을 보도하여 시민을 놀라게 하였다.

어젯밤에 두 건의 살인 사건이 이 도회에서 생겨났다.

하나는 K 전당국 주인이 참살당한 사건이었다.

그 참살당하는 날 저녁 전당국 주인은 P라는 고물 행상인(효남의 아버지)과 같이 술을 먹으러 나갔다. 좀 더 똑똑히 말하자면 P가 흔히 장품을 매매하는 것을 전당국 주인이 경찰에 밀고한 일이 있었다. 그 때문에 전당국 주인과 P와 한번 크게 싸움을 한 일이 있었다. 이날 저녁은 P가 화해를 하자고 부러 전당국을 찾아와서 주인을 데리고 같이 나간 것이었다. 때는 밤 아홉시쯤이었다.

같이 나간 뿐 그 밤에 돌아오지 않은 전당국 주인은 이튿날 새벽 교외에서 참살되어 있는 것이 지나가는 사람에게 발견되었다.

날카로운 칼로써 얼굴과 가슴을 수없이 찔려서 죽은 그 시체는 몸을 뒤져본 결과 곧 K 전당국 주인이라는 것을 알았다. 그리고 가해자가 P라는 것도 곧 알았다.

그러나 경관이 모의 집에 달려갔을 때에는 P는 벌써 종적을 감춘 때였다.

이것이 신문에 나타난 한 가지의 살인 사건이었다.

그리고 또 한 가지의 살인 사건은 이러하였다.

○○파출소를 지키고 있던 경관 모(일인)가 새벽 세시쯤 행동이 수상한 사람을 하나 붙들었다. 그리고 주소 성명을 물을 때에 그 흉한은 갑자기 가슴에 품었던 칼을 꺼내 순사를 찔렀다. 그러나

먼저 한 칼을 맞은 순사는 기운 센 흉한을 대적할 수가 없었다. 순사는 몇 군데 칼을 맞고 그 자리에 넘어졌다. 그리고 흉한은 종적을 감추었다. 순사는 지나가는 사람에게 발견되어 곧 병원으로 가서 응급치료를 하였으나, 새벽 여섯시에 마침내 절명되었다. 그 순사의 말한바 인상으로써 흉한은 P인 것이 짐작되었다.

그리고 경찰서에서 조사한 바의 그 결론은 이러하였다.

고물 행상인 P는 이전부터 원한이 있던 전당국 주인을 화해를 핑계 삼아서 데려내다가, 어떤 곳에서 술을 먹여 취하게 한 뒤에 교외까지 끌고 가서 거기서 참살을 한 뒤에 새벽 두시쯤 제집에 들러서 길신가리를 차려가지고 이 도회를 달아나다가 파출소 앞에서 순사에게 힐난을 받게 되매 그는 자기의 범행이 발각된 줄로 지레짐작하고 그 순사까지 죽여버리고 이 도회를 달아나서 어디로 종적을 감춘 것이라…… 고.

소문은 소문을 낳았다. 그리고 한 사람의 입을 지날 때마다 거기는 얼마의 거짓말이 더 보태졌다.

그 사건은 과연 이 작은 도회의 시민을 놀라게 할만한 참극이었다. 물건을 사고팔고, 아이가 나고 늙은이가 죽고 때때로 비가 오고, 꽃이 피고 지고, 이러한 사건밖에 특수한 사건이라는 것은 쉽지 않던 이 도회에 이번에 생겨난 이 사건은 어떤 의미로 보아서는 너무 단조한 이 도회의 사람에게 대한 한 자극제라 할 수도 있었다. 곳곳에서 사람들은 그 이야기를 하였다. 그리고 이제 장차 일어날 흉한과 경관의 추격전을 예상하고 거기에 비상한 흥미를 느꼈다.

효남이가 일을 하는 ○장의사에서도 일꾼들 사이에 그 이야기의 꽃이 피었다. 그러나 효남이가 그 흉한 P의 아들이라는 것을 아는 사람은 없었다.

효남이는 그들의 이야기를 들었다. 그리고 어젯밤에 잠에 취하였던 눈으로 잠깐 본 아버지의 얼굴을 문득 생각하였다.

사람을 죽인다는 것은 얼마만치 큰 죄악인지는 효남이는 똑똑히 몰랐다. 더구나 장의사에서 일을 보는 아이로서 장사를 매일과 같이 보는 그로서는 죽음에 대한 공포는 다른 아이들과 같이 심히 느끼지 않았다. 그러나 (통상시에는 그렇게 험상스럽고 횡포스럽던) 아버지의 얼굴에 어젯밤에 나타났던 오히려 비겁이라고 하고 싶은 얼굴을 생각할 때에 그의 어린 마음에도 알지 못할 괴상한 공포와 쓸쓸함이 복받쳐 올랐다. 더구나 아침에 나올 때에 어머니의 하던 그 말과 여기서 지껄여대는 일꾼들의 이야기를 대조해보고, 그는 무슨 알지 못할 커다란 비극이 또한 일어나려는 것을 예감하였다.

"잡히면 사형이지?"

"암, 순사까지 죽였는데, 사형이고말고."

"잡힐까?"

"글쎄, 경찰이 하도 밝으니깐……."

일꾼들은 이런 이야기를 하였다.

그런 이야기를 그들의 뒤에 앉아서 듣고 있는 효남이는 어린 마음을 괴상한 공포로 말미암아 뛰어놀면서도 자기가 그 '흉한'의 자식이라는 것을 아무도 모르는 것을 오히려 다행히 여겼다.

그날 저녁, 효남이가 집에 돌아왔을 때에 어머니는 이불을 쓰고 누워 있었다. 그러나 뚱뚱 부은 얼굴은 그가 몹시 운 것을 증명하였다.

어머니는 밤에도 몇 차례를 울었다.

효남이도 그 울음의 뜻을 막연하나마 짐작하였다. 어떤 까닭인지 똑똑히는 몰랐지만 어머니의 울음은 아버지의 이번 사건 때문인 것은 짐작되었다. 그리고 그는 어머니에게 아무 말도 안하였다. 어머니가 울 때마다 자기도 까닭 없이 눈물이 내리는 것을 참고 돌아눕고 할 뿐이었다. 하려야 할 말이 없었다. 위로하려야 위로할 말조차 효남이는 알지 못하였다.

통상시에는 못된 녀석이라고 그렇게 아버지를 꺼리던 어머니의 지금의 태도는 어떻게 보면 효남에게는 이상하게까지 보였다. 그 이상한 점이 어린 효남이로 하여금, 사건을 좀 더 중대시하게 하였다. 효남의 마음에는 막연하나마 아버지가 잡혔을까 안 잡혔을까에 대한 근심 비슷한 의문이 움 돋았다.

그 사건에 대한 이튿날 신문 기사는 시민의 호기심과 긴장을 더

돋우었다. 이 도회에서 삼십 리쯤 되는 ○산이라는 산에서 어떤 나무꾼이 강도를 만났다. 강도는 칼로써 초부를 위협하고, 옷을 바꾸어 입고, 종적을 감추었다. 그 강도가 남기고 간 피 묻은 옷으로 그것이 P인 것이 확실하였다…… 신문은 이렇게 보도하였다.

이튿날 아침, 신문은 호외로써 그 사건의 그 뒤의 경과를 보도하였다.

○산 주재소에서 당직 순사가 변소에 간 틈에 어떤 도적이 들어와서 장총 한 자루와 화약과 탄환 다수를 도적하여 간 것과, 그로부터 한 시간 뒤에 웬 험상궂은 자가 그 주재소에서 삼 릿길쯤되는 산골짜기에서 나무 베는 아이를 습격하여 그 아이의 먹던 옥수수를 빼앗아 갔다는 것과, 경찰부에서는 이십 명의 경관을 ○산으로 급송시켰다는 보도가 한꺼번에 발표되었다.

시민들은 차차 흥분되었다. 그들은 그 흉한이 범한 죄악에 대하여는 아무 관심도 안 가졌으나 경관 대 흉한의 추격 내지는 경쟁에 비상한 긴장을 느낀 것이었다.

"이러다가는 잽힐걸."

어떤 사람은 근심 비슷이 이렇게 말하였다.

"잡히고야 말아."

어떤 사람은 이런 말을 하였다.

"제기, 아무래도 잡힐 이상에는 한 이십일 끌다가 잽혔으면 좋겠네."

어떤 사람은 노골적으로 이렇게 말하였다.

이러한 가운데에서 어린 마음을 죄고 있던 효남이는 자기로도 뜻밖에, 제 아버지에게 대하여 차차 이상한 애착의 감정이 일어나는 것을 깨달았다.

그 밤, 곤한 잠에서 깨어난 효남이는 제 곁에 당연히 누워 있어야 할 어머니가 없는 것을 보고 퍼뜩 놀랐다. 그리고 어머니가 들어오기를 잠깐 기다려 본 효남이는 (설혹 변소에 갔더라도 넉넉히 들어올 시간까지) 안 들어오는 것을 보고 옷을 주워 입고 문밖에 나가보았다. 그리고 앞길에서 어머니를 찾지 못한 효남이는 집 뒤로 돌아가 보았다.

어머니는 뒤에 있었다. 어머니는 집 뒤 담벼락에 조그마한 단을 묻고 거기에 촛불을 켜고 그 앞에 꿇어앉아 있었다. 처음에는 영문을 몰랐지만 그것이 아버지에 대한 어머니의 정성인 것이 짐작되자 효남이의 어린 눈에도 눈물이 솟았다. 효남이는 발소리안 나게 방으로 돌아와서 이불을 머리까지 뒤집어썼다. 그의 눈에서는 눈물이 하염없이 솟았다.

이윽고 어머니가 들어왔다. 그리고 제 아들이 자지 않는 기척을 보고, 아들을 찾았다.

"효남아, 너 자지 않니?"

효남이는 울음을 그치려 하였다. 그러나 할 수 없었다. 아직껏 속으로 울던 울음은 어머니의 그 소리와 함께 폭발되었다.

어머니는 아들을 끌어당겼다.

"아무리 고약해도 네 아버지로구나."

이것이 한참 뒤에 어머니가 한, 다만 한마디의 말이었다.

이튿날 신문의 보도는 시민의 긴장과 호기심을 여지없이 돋우어놓았다.

경찰부에서 간 이십 명의 경관은 그곳 경관 삼십 명과 동리 사람 육십 명과 합력을 하여 그 ○산을 둘러쌌다. 그리고 그 산 가운데 숨어 있는 범인을 수색하였다. 범인의 손에는 총이 있기 때문에 막 덤벼들기가 힘들었다.

제1대를 지휘하는 어떤 경부警部가, 대원들과 떨어져서 풀을 헤치며 산을 기어 올라갈 때였다. 어떤 바위틈에서 흉한이 갑자기 경부의 눈앞에 나타났다. 그리고 놀라는 경부를 거꾸러뜨리고 경부에게서 브라우닝과 탄약을 빼앗은 뒤에 그 브라우닝으로 경부를 쏘아 죽이고 아래에서 덤비는 경관들을 향하여 두 방을 놓은 뒤에 유유히 풀 수풀 가운데로 종적을 감추었다 하는 것이었다.

이때부터 신문은 범인의 이름을 쓰지 않고 살인마라는 대명사를 썼다.

잡히기만 하면 어차피 사형이 될 흉한의 손에 한 자루의 장총과 한 자루의 권총과 다수의 탄약이 들어갔다 하는 것은 그 흉한을 잡으려는 경관들에게는 끔찍하고 진저리나는 사실에 다름없었다.

그날 밤으로 경찰부에서는 사십 명의 경관을 응원으로 또 보냈다.

"인제야 잽혔지."

"그럼, 될 데가 있나."

시민들은 그의 운명을 이렇게 선고하였다.

이러한 소문을 듣고 이러한 선고를 들을 때에 효남이의 마음은 무슨 커다란 공포 앞에 선 것과 같은 명료하지 못한 무서움을 느꼈다. 그리고 그 가운데에는 그의 아버지는 이젠 죽은 목숨이라는 막연한 생각도 섞여 있었다.

이튿날 아침 당국은 시민에게 이와 같은 성명을 하였다.

> ○산은 지금 이곳에서 간 경관 오십 명과 그곳 경관 전부와 촌민 백여 명으로 포위를 하고 각각으로 그 포위 그물을 죄어가서 오늘 아침의 전화를 의지하건대, 그 그물의 범위가 일 평방 리가 못 되니 이제 범인은 자루에 든 쥐다. 다만 시간문제만 남아 있다. 적어도 오늘 오후 네시 전으로 '범인 포박'이라는 기꺼운 소식에 이를 줄을 의심하지 않고 믿는다…….

그날은 비가 부슬부슬 왔다. 이러한 가운데에서 그 사건에 극도로 긴장된 시민들은 연하여 경찰서에 전화를 걸었다.

오후 다섯시쯤, 비보는 경찰서에 이르렀다. 범인은 마침내 잡힌 것이었다.

포위대가 그 범위를 차차 좁혀서 상대의 거리가 삼십 간쯤 되었을 적에 복판 가운데쯤 되는 수풀 사이에서 웬 장한壯漢이 하나 일어섰다. 그리고 손에 들었던 총과 브라우닝을 앞으로 던지고,

"자, 잡아가라."

하며 두 팔을 썩 벌렸다. 그런 뒤에는 하하하 하고 웃었다. 포위대는 모두 뜻하지 않게 엎드렸다. 그러니까 그 장한은 제가 경관들 있는 편으로 걸어왔다. 이리하여 손쉽게 잡은 것이었다.

이 말이 효남의 귀에 들어올 때에 효남이는 가슴이 덜컥 내려앉았다. 그리고 자기도 무엇을 하여야 할지 모르면서 허덕허덕 집으로 달려왔다.

어머니는 바느질을 하고 있었다. 그 앞에 털썩 주저앉으며 효남이는 간단히,

"잽혔대."

하고는 머리를 돌리고 말았다.

어머니는 바늘과 일감을 내려뜨렸다. 그리고 효남의 얼굴을 바라보았다. 그런 뒤에 얼굴이 차차 하얗게 되다가 베개를 발로 끌어당겨서 거기 드러눕고 말았다.

모자는 한마디의 말도 사귀지 않았다.

이튿날 장의사에 갔던 효남이는 의외의 장례를 따라가게 되었

다. 그것은 그의 아버지 모가 이 도회를 달아나던 날 밤에 죽인 그 순사의 장례였다.

처음에 효남이는 그 장례가 누구의 장례인지를 몰랐다. 조상객이 대개가 경관인 것을 보고 어렴풋이 어떤 경관의 장사인 줄 알 뿐이었다. 그러다가 누구가 추도문을 읽을 때에야 그는 그 주검의 주인을 알았다.

추도문은 물론 일본말로서 일어의 지식이 그다지 풍부하지 못한 효남이로서는 다 알아듣지는 못하였으나 그 뜻만은 넉넉히 짐작하였다. 그는 그 흉한을 장례의 전날 잡은 것은 고인의 신령의 도움이라 하였다. 그리고 그 흉한의 포학스러움과 고인의 용감스러움을 되풀이하였다.

어린 마음에 일어난 극도의 분노와 불유쾌함과 부끄러움으로써 그 행렬을 따라갔던 효남이는 장의사에 돌아와서 기진맥진하여 토방에 넘어지고 말았다.

좀 뒤에 주인에게서 특별수당으로 이십 전이 나왔다. 효남이는 그것을 받아서 주머니에 넣었다. 그러나 그는 그것을 받아야 옳을지, 안 받아야 옳을지 몰랐다. 정당한 노동의 보수로서 그것을 받는 것이 결코 부끄러운 일은 아닐 것이었다. 그러나 그의 양심과 자존심의 한편 구석에서는 그 돈을 거절해버리라는 명령이 숨어 있었다.

효남이는 주머니 속에서 그 돈을 쥐었다 놓았다 몇 번을 하였다.

그날, 효남이의 아버지는 이곳 경찰서로 호송되어왔다.

"너 돈 있니?"

효남이가 저녁때 집으로 돌아온 때에 기다리고 있던 그의 어머니가 첫 번 물은 말이 이것이었다.

"얼마나 있니?"

효남이는 말없이 주머니에서 아까 받은 그 이십 전을 꺼내 어머니 앞에 놓았다.

어머니는 그 돈을 집어가지고, 치마를 갈아입으면서 변명 비슷이,

"너희 아버지가 이리로 왔다누나. 장국 한 그릇이라두 사 들여보내야지."

하면서 밖으로 나갔다.

효남이는 황망히 나가는 어머니의 뒷모양을 바라보았다. 그리고 아까 그 돈을 모아 넣은 것이 잘되었다 생각하였다. 그 생각속에는 복수를 하였다는 것 같은 통쾌한 생각조차 약하나마 섞여 있었다.

# 환가

송은주가 자기의 가정과 남편 및 소생 자식 남매를 버리고 집을 뛰쳐나온 것은 해방 일 년 뒤였다.

남편 고광호와 내외가 된 지 십 년, 일본 정치의 제약 많은 생활을 내외가 서로 돕고 격려하며 잘 겪어왔다. 이리하여 1945년 8월 15일 국가 해방에까지 이른 것이었다. 국가 해방으로 과거의 권력자요 세도자이던 일본이 이 땅에서 물러가자, 일본인이 차지하고 있던 자리는 모두 이 땅 본토인에게 개방되었다. 보통 사원은 과장이나 혹은 껑충 뛰어서 사장으로, 관리는 부장으로, 중학교원은 대학교수나 중학 교장으로…… 이렇듯 과거에는 이 땅 본토인(주인)에게는 폐쇄되어 있던 지위가 모두 주인에게로 돌아왔다.

은주가 광호와 결혼할 때는 광호는 갓 대학을 나와서 어느 중학 교원이 되어 있던 때였다. 그 이래 십 년, 정치적 구속과 경제적 부자유의 아래서 젊은 내외는 용히 싸우며 겪어왔다.

이리하여 국가 해방의 날을 맞은 것인데, 한 십 년 중학 교원을 지낸 사람은 모두 교장이나 대학교수로 쑥쑥 자리가 변동되는 이 경기 좋은 시기를 만나서도 남편 광호는 마치 그 자리에 못 박힌 듯이 움직일 줄을 몰랐다.

은주의 동창 동무들의 남편은 모두 활발하게 움직여 혹은 고관 혹은 신흥 부호로 전환하여 그들의 아내인 은주의 동무들은 모두 출입에는 자동차요 손가락에는 반지를 번쩍이는 호화로운 신분으로 승차하였는데도 불구하고, 오직 꽁하고 주변성 없는 남편의 아내인 은주는 여전히 이 호화로운 날에도 한 가난한 중학 교원의 아내로 밤낮 가난에 시달리며 놀랍게 올라가는 물가에 위협되며 움직임 없는 생활을 계속하고 있었다.

남보다 자존심이 세고 남보다 야심이 많고 남보다 호화욕이 센 은주는 참기 힘든 노릇이었다. 그래서 은주는 남편에게 바가지를 긁고 격려하고 충동하고 별별 수단을 다 써보았다. 그러나 원래 주변성 없고 꽁한 선비의 타입인 남편 광호는 십 년 일색인 중학 교원 생활을 싫어할 줄도 모르고 여전히 그 자리에 그 모양대로 주저앉아 있는 것이었다. 여기서 은주는 그의 결심을 한 것이었다. 자립하기로.

은주의 동창 동무로 과부 혹은 노처녀로 있는 사람들도 그래도 무슨 활동을 하여 무슨 회의 회장이거나 간사로 활약하여 신문지상에 그 이름이 오르내리고 실업계에 활동하여 성공한 사람도 있었다.

이런 경황을 볼 때에 비교적 야심 많고 욕심 많은 은주는 잠자코 보고만 있을 수 없어서 남편을 충동하고 격려하고 하다 못해서 종내 이 무능한 남편의 집에서 뛰쳐나와 스스로 제 길을 개척해보기로 한 것이었다. 야심과 허영심의 앞에는 남편과의 십 년간의 성애도, 한 쌍 소생에게 대한 모성애도 그림자를 감추었다.

국가의 해방과 동시에 나도 부부 관계에서 해방된다는 일종의 비장한 결심으로써 은주는 '가정'이라는 사슬을 끊어버리고 집을 뛰쳐나온 것이었다.

은주는 남편의 집을 뛰쳐나와서 당분간(장래 방침이 확립될 때까지)의 몸을 고녀 시절에 가장 가깝게 지내던 혜라의 집에 의지하기로 하였다. 해방 후 수천만 원의 재산을 쌓아올린 새 부자 남편을 가진 행복된 동무 혜라는 손가락에 몇 캐럿이라는 커다란 금강석 반지를 낀 손을 두르며 반가이 은주를 맞아주었다.

결혼한 이래 십년, 단 하루를 남편과 아이 없이 자본 일이 없는 은주는 첫날 밤은 혜라의 집 널따란 방에서 홀로 지내기가 무한 고적하고 괴로웠다. 고적하고 가지가지의 생각 때문에 잠 못드는 한밤을 은주는 혜라의 행복된 생활을 부러워 여기면서 지냈다.

학생 시대에는 같은 계급의 딸로 똑같은 지위로 지내던 혜라가 오늘날은 은주와는 천양의 차이로 식모라 침모라 찻집이라 찬모라 별별 명색의 하인을 턱으로 부리며 호화스러운 양옥의 여왕으로 호강하는 모양을 볼 때에 남편 광호의 십 년이 하루 같은 꾀죄죄한 꼴과 그것을 개척해보려는 아무 노력이나 활동도 없는 무력한 꼴과 대조되어 은주의 마음을 괴롭게 했다. 자기도 장차 무슨 활동을 하여서 무슨 성공을 하여, 성공의 호화로운 날에, 자랑스러운 얼굴로 예전 버렸던 남편을 다시 품에 불러, 그때 다시 이룰 가지가지의 공상을 해가면서 밤을 보냈다.

남편 광호는 역시 소극적인 사람이었다. 아내가 자기를 버리고 간 것을 안 뒤에 한두 번 스스로 아내를 찾아와서 같이 돌아가기를 종용해보았고 함께 가자고 조르기도 해보았다. 사람을 보내서 권고도 해보았다. 그러고는 그만 은주에게 거절당하고는 그만 단념한 모양이었다.

은주로도 십 년 산 정이 있고 지금도 남편이 미운 사람은 아닌지라, 만약 남편이 와서 적극적으로 데려가면 마지못하는 체하고 끌려갈 은주의 배짱이었다. 그런데 남편이 몇 번 소극적으로 권고해보다가 단념해버릴 때에 은주는 도리어 내심 통곡하면서 자기도 아주 단념해버리기로 결심하였다.

이리하여 자기의 장래 방침이 확립될 때까지 헤라의 집에 기류하고 있는 동안 은주는 표면 몹시 호화롭고 아무 부족 없는 헤라의 속 살림에 커다란 결함이 있는 것을 발견하였다. 생활에는 아무 부족 없고 호화롭고 자유로운 헤라였다. 그러나 은주가 묵고 있던 두세 달 헤라의 남편 되는 사람을 본 적이 댓 번 못 되었다. 헤라는 자기의 자존심과 체면상 그런 내색은 보이기를 피하였지만 헤라의 남편은 첩을 두고 있는 모양이었다.

얼굴 생김이며 지식이며 모양이며 아무 나무랄 데가 없는 헤라는, 아내를 두고 따로 첩을 둔 헤라의 남편의 심리도 은주로서는 이해하기 어려운 일이지만 남편을 두고도 과부 생활을 하는 헤라의 사정도 동정할 만하였다. 남편을 버리고 나온 은주와 남편을 두고 그러면서도 첩에게 빼앗긴 헤라의 두 여인은 좋은 대조였다.

수십 명 남녀 비복에게 둘러싸여 매우 호화스러운 여성 헤라였지만 헤라에게는 아내로서의 불만이 있었다. 헤라의 불구적인 생활을 볼 때에 은주는 자기가 벅찬 가정의 옛 남편, 결혼 이래단 하루를 아내와 따로이 지낸 일이 없는 남편을 회상하고는 일종의 긍지를 느끼는 일도 간간 있었다. 그리고 사람으로서의 행복(경제상의)은 헤라가 나을지 모르나 아내로서의 행복은 지난날의 자기가 훨씬 나았음을 때때로 흥분 섞인 마음으로 느꼈다. 그것은 비록 초라한(경제적으로) 생활이요 초라한 의식주였지만…….

그 헤라가 어떤 날 은주에게 조용히 무슨 의논을 하기를 요구했다. 그사이 수십 일 헤라의 얼굴에는 분명 무슨 당황한 기색이 있었다.

헤라의 남편 되는 사람이 무슨 혐의로 형무소에 수감되었다는 것이었다. 헤라는 누차 무슨 오해에서 생긴 일이라고 변명했지만 소위 악질 모리배로 인정되어 악질 모리 사건으로 기소가 된 모양이었다.

헤라와 은주의 동창 동무의 남편 되는 사람이 그 모리 사건을 맡아보는 고관이었다. 헤라는 은주더러 그 동창 동무(고관 부인)를 찾아서 사정을 잘 말하고 돈은 몇 천만 원이 들고 간에 사건이 무사히 결말짓도록 해주기를 부탁해달라고 당부하였다. 헤라의 집에 몸을 의탁하고 있는 처지라 더욱이 장차의 재생 출발을 위해서는 여러 방면에 교제가 있어야 할 은주는 이 책임을 지고 옛날 동창의 남편인 고관의 집을 찾아갔다.

은주가 찾아간 그 집에도 한 비극이 전개되고 있었다. 그 고관도 어떤 수회 사건으로 그사이 문초를 받다가 오늘 아침 수감이 되었다는 것이었다.

헤라는 곳곳에 냉철한 태도를 유지하였지만 헤라와 성격이 다른 그 집 주부는 당황 낭패하여 은주를 맞아 울며불며 하소연하였다.

월급 사오천 원으로 어떻게 생활을 유지하며 더욱이 고관으로서의 체면과 체재를 유지하느냐. 현 정부의 고관의 체면을 유지하기 위하여 월급 이외의 수입이 절대로 필요하다. 그러기 위해서 모리배의 돈 좀 먹었으면 어떠냐는 것이 그 동무의 하소연의 주지였다.

소위 박봉 생활자답지 않은 그 집 굉장한 저택이며 호화로운 가구며 그 동무의 차림차림을 보며, 해방 이래 얼마나 먹었으면 옛날 가난하고 가난하던 이 집이 이다지 굉장하고 우렁차게 되었을까 속으로 혀를 둘렀다.

은주는 비로소 느꼈다. 해방 이후 갑작양반(고관) 갑작부자들이, 그것이 부럽다 볼 때에는 다만 부럽기만 하더니 그들의 속살을 들여다보니 그것은 바늘방석에 앉은 살림이요 모래 위에 세운 집의 살림으로서 늘 전전긍긍하고 언제 무너질지 모르는 위태로운 살림이었던 것을.

그리고 은주 자기의 지난 생활(부부 시절의)을 회고하건대 그것은 비록 가난하여 금강석 반지에 자동차 생활은 못 되나마 누구에게든 버젓하고 어디를 내놓아도 부끄럼 없는 살림이었던 것을 알았다. 그렇게 생각하고 보니 옛날 살림의 고결한 인격이 새삼스레 그리워졌다. 무능하고 주변성 없다고 한때 경멸하고 박차기는 하였지만 십 년을 하루같이 교육에만 전념하고 다른 데 눈 거들떠보지 않는 그 신념과 충성.

가정에서는 아내와 자식밖에 모르고, 사회에서는 충실한 교육자로, 국가에서는 바른 국민으로 오직 내 길에만 충실하던 남편의 고결한 인격은 금강석으로 바꿀 것이 아니었다.

호화롭게 호강하던 동무들이 혹은 몰락의 비경에 떨어지고, 혹은 몰락을 전전긍긍히 겁내며 겁내는 동안, 자기는 그 남편 앞에 서면 비록 물질상의 부자유는 있을지나 마음만은 언제까지든 여유와 긍지를 느끼며 지낼 수가 있을 것이었다.

헤라에게는 대강의 사정을 편지로 알리고 은주는 어떤 여관에 투숙하여 이십여 일간 생각한 뒤에, 머리를 숙이고 남편에게 사죄하고 다시 새 가정으로 돌아가기로 결심하였다.

자존심이 센 은주로서는 좀 괴로운 일이었으나 정의와 진리 앞에 숙이는 머리는 결코 부끄럽지 않다는 결의로써 남편의 집으로 다시 돌아간 것이었다.

남편은 아무 나무람 없이 한때 자기를 박찼던 아내를 달가이 다시 받았다.

# 여인담

# I

## 제1화

수일 전의 신문은 우리에게 '여인'의 가장 기묘한 심리의 일면을 보여주는 사실을 보도하였다.

장소는 어떤 농촌……:

거기 젊은 부처가 있었다. 아내의 이름은 순이라 가정해둘까.

물론 시부모도 있었다. 시동생도 있었다. 그것은 남 보기에도 부러운 가정이었다. 늙은이와 젊은이는 모두 화목하게 지냈다. 제 땅은 없으나마 그들은 자기네의 지은 농사로써 아무 부족 없이 지냈다. 동생끼리도 화목하였다. 간단히 말하자면 농촌의 한 화목한 가정이라면 그뿐일 것이다. 아무 불평도 불안도 없이 지내는 집안이었다.

순이의 나이는 스무 살이었다. 그의 남편은 스물다섯 살이었다.

부처 사이의 의도 좋았다.

아니, 부처의 의가 좋아도 너무 좋았다.

순이는 자기의 남편이라는 사람에 대하여 자기가 품고 있는 기괴한 애착을 오히려 이상한 마음으로 보았다. 시집온 지 이 년. 시집오기 전에는 듣도 보도 못하던 사내에게 아직 부모들께까지 감추어오던 자기의 젖가슴까지 내맡기고 거기서 불유쾌를 느끼기는 커녕 일종의 쾌감까지 느끼는 자기를 기이한 마음으로 보았다. 밤마다 자기를 힘 있게 품어주는 사내, 자기의 온몸을 소유할 권리를 가진 사내, 이러한 꿈과 같은 사내에 대한 첫 공포가 사라진 다음부터는 차차 자기의 마음에 일어나는 그 사내에 대한 애착심 때문에 순이는 때때로 스스로 얼굴까지 붉혔다.

"여보."

첫 번에는 몹시도 수줍던 이런 칭호가 차차 익어오고 그의 발소리를 듣기만 해도 분간하리만치 남편에게 익은 뒤에는 그의 눈에는 이 세상에는 남편 한 사람밖에는 사람이 없었다. 그의 슬하를 떠나서 알지도 못하는 사내에게 안겨서는 도저히 살 수가 없을 것 같던 부모조차 남편의 손톱만치도 귀하지 않았다. 남편은 그에게는 이 세상의 유일의 존재였다.

밭에서 곤하게 일하는 남편의 점심 광주리를 이고 나갈 때의 즐거움이며 늦게 돌아오는 남편을 기다리고 고대하는 쾌미는 나날이 맛보는 것이지만 나날이 또한 그만치 즐거웠다.

때때로 그는 생각해보았다.

'저게 웬 사람이람. 이 년 전까지는 듣도 보도 못하던 사람. 꿈에도 못 본 사람. 이 세상에 저런 사람이 있었는지도 모르던 사람. 나를 부모의 슬하에서 떼어낸 사람. 세 끼 조밥을 먹이는 뿐으로 마음대로 나를 부려 먹는 사람. 때때로 성나면 내 따귀도 때리는 사람. 발길질까지도 사양하지 않는 사람. 그 사람이 곁에 있기만 해도 마음이 편안히 놓이고 밭에라도 나가면 적적하고 장에라도 가면 기다려지고…… 이렇듯 말하자면 원수이면서도 또한 끝없이 알뜰한 저 사람. 대체 누구람?'

그리고 빙긋 웃으면서 다시 잡고 있던 바느질을 계속하는 것이었다.

어떤 봄날, 그 순이네 동리에 베 장수가 왔다. 베 장수는 젊은 사내였다.

베 장수는 순이의 집에도 왔다. 그러나 베실만 사면 손수 짜는 순이의 집에서는 베를 사지를 않았다. 안 사겠다는 말을 들은 베 장수는 억지로 권하지는 않고,

"그만두시오."

할 뿐 돌아서 나갔다. 우물에 물을 길러 나갔던 순이는 집 앞에서 베 장수를 만났다. 베 장수는 순이를 보았다. 순이도 베 장수를 곁눈으로 보았다. 그리고 베 장수의 눈과 마주친 순이는 곧 눈을 도로 바로 하였다. 그러나 순이는 직각적으로 베 장수의 눈이 자기를 따라 오는 것을 느꼈다.

순이는 얼른 물을 독에 부은 뒤에 방 안으로 뛰어들어와 거울을 보았다. 그러나 얼굴에는 흙도 먼지도 묻지 않았다. 순이는 수건으로 얼굴을 한번 씻은 뒤에 다시 동이를 이고 우물로 갔다.

순이가 동이에 물을 길어가지고 머리에 이려 할 때에 뒤에서 딱

하니 혀를 치는 소리가 들렸다. 돌아다보니 뒤에는 베 장수가 얼굴에 웃음을 담아가지고 서 있었다.

'귀찮은 녀석이다.'

이렇게 생각하며 순이도 조금 웃어 보였다. 그런 뒤에 못할 짓을 한 듯이 황망히 동이를 이고 집으로 돌아왔다.

그의 집 뒤뜰에는 세 그루의 복사나무에 꽃이 만개되어 있었다. 집으로 돌아온 순이는 동이의 물을 처분한 뒤에 정신 나간 사람같이 뒤뜰로 나가서 우두커니 서 있었다.

'봄날도 좋기도 하다.'

이런 생각이 때때로 그의 마음을 스치고 지나갔다. 그러나 그 생각이 그로 하여금 이렇듯 뜰에 서 있게 한 바가 아니었다.

그러면 그의 마음을 지배한 것은 무엇? 그것은 순이도 몰랐다, 그것은 봄날의 탓일까? 그것은 젊음의 탓일까? 그것은 베 장수의 탓일까? 그것은 나무에서 죄죄거리는 새들의 탓일까? 순이는 알 수 없었지만 몹시도 근심스럽고도 상쾌한 듯한 생각은 그의 마음을 이리 주물고 저리 주물렀다.

"저녁 안 짓나?"

남편이 그의 등 뒤에 와서 어깨를 툭 친 때에도 그는 한순간 깜짝 놀랄 뿐 더 움직이지를 않았다. 이전과 같으면 에이구 놀랐다. 하면서 정도 이상의 놀람과 애교와 원망을 남편의 위에 던질 그였지만 이번에는 억지로 조금 웃음을 얼굴에 나타냈을 뿐이었다.

남편이 그의 얼굴을 들여다보았다.

"저녁 어서 지어야지."

"봄날도 좋기도 하다."

순이는 치마를 손으로 한번 탁탁 턴 뒤에 획 돌아서서 부엌으로 들어왔다. 남편은 열적은 듯이 저편으로 가버렸다.

'봄날도 좋기도 하다.'

몹시 근심스럽고도 상쾌한 듯이 이 한마디의 말은 저녁을 짓는 동안 순이의 머리에 딱 붙어서 떨어지지를 않았다. 때때로 저녁 짓던 손을 뜻 없이 멈추고 정신 나간 듯이 먼 산을 바라보고하였다. 그날 저녁같이 맛없는 저녁을 순이는 아직껏 먹어보지 못하였다. 억지로 두어 술갈 먹은 뿐, 그는 숟갈을 던지고 먼저 부엌으로 나갔다.

밤이 왔다.

아랫간에서는 시부모와 시동생이 잤다. 윗간에서는 젊은 부처가 잤다. 아랫간과 윗간의 사이에는 문턱이 있을 뿐 문은 없었다.

곤돈困頓의 아이들과 늙은이는 곧 잠이 들었다. 코로 들이쉬어서 입으로 내부는 시아버지의 코 고는 소리와 벼락같이 요란한 시어머니의 코 고는 소리를 들으면서 젊은 부처는 잠시 속삭였다.그러나 마음이 이상히도 들뜬 순이는 이날의 속살거림만은 왜 그런지 이전과 같이 달지를 않았다.

'봄날도 좋기도 하다.'

이 한마디의 괴상한 말은 끝끝내 그의 마음에서 떠나지를 않았다.

남편도 어느덧 팔을 아내의 가슴 위에 얹은 뒤에 잠이 들었다. 그러나 젊은 아내는 잠이 못 들었다.

'봄날도 괴상하기도 하다.'

밝을 때가 거의 되었다. 문득 밖에 사람의 기척이 들렸다. 그들의 집은 길을 향하여 있는 집 문밖을 나서서 토방만 내려서면 길이었다. 그 길에 사람의 기척이 들렸다.

"딱!"

혀를 치는 소리가 들렸다.

순이는 몸을 와들와들 떨었다. 무서운 것을 본 듯이 순이는 몸을 움츠렸다. 그리고 보호를 청하는 듯이 양팔을 남편의 목에 걸며 꽉 남편의 가슴에 안겼다. 가슴에서는 무서운 방망이질을 하였다.

"딱! 딱!"

길에서는 채근하는 듯이 또다시 혀를 치는 소리가 들렸다.

순이는 그 소리를 듣지 않기 위하여 이불을 폭 뒤집어썼다. 그리고 얼굴을 깊이 남편의 가슴에 묻었다.

'별 녀석 다 보겠네.'

그는 마음으로 이렇게 부르짖고 있었다. 남편의 팔이 길게 순이의 허리로 돌아왔다. 순이는 그 팔을 벗어나면 지옥에라도 떨어질 듯이 꼭 남편의 굳센 품에 안겼다.

'여보, 밖에 누가 왔소. 나를 나오라오.'

그는 속으로 몇 번을 남편에게 호소하였다.

깊이 잠든 남편은 천하가 태평하다는 듯이 깊은숨을 쉬고 있었다.

얼마가 지났는지 순이는 한참 뒤에 머리를 이불 밖으로 내놓았다. 한참을 기다렸으나 인제는 밖에 있던 사람의 기척이 없어졌다.

'후…….'

순이는 안심의 숨을 기다랗게 내쉬었다. 그러나 그 가운데에는 실망과 기대가 꽤 많이 섞여 있었음을 스스로 속일 수가 없었다.

'인젠 갔다.'

하는 안심 가운데에는,

'망할 녀석 왜 갔나?'

하는 원한이 꽤 많이 섞여 있었다.

한참 뒤에 순이는 뒷간에 갔다. 특별히 뒤가 마려운 바는 아니었지만 뜰에라도 한번 나가보고 싶어서 뒷간에 갔다.

뒷간에서 돌아오던 순이는 복사나무 아래에 섰다. 꽃 틈으로 부연 달이 보였다. 별빛조차 그윽하였다. 봄은 하늘에도 무르익었다.

"봄날도 좋기도 하다."

순이는 복사나무 아래서 하늘을 쳐다보면서 이렇게 탄식하였다.

누가 꽉 순이를 껴안았다. 순간적 환희와 경악으로써 순이가 돌아보려 할 때에 사내의 불붙은 뺨을 쓸었다. 사내의 입술이 순이의 입술을 찾느라고 뺨에서 헤맸다.

"웬 녀석이야."

순이는 작은 소리로 부르짖었다.

"사람 하나 살리오."

사내의 뜨거운 입김이 순이의 입 근처에서 헤맸다.

"가요."

순이는 다시 작은 소리로 부르짖었다. 그러나 이번은 사내의 응답조차 없었다. 사내의 두 손은 어느덧 순이의 양 뺨을 움켜쥐었다.

사내의 입술은 마침내 찾을 곳을 찾았다.

순이는 죽여라 하고 가만있었다.

좀 뒤에 먼지를 활활 털고 방 안으로 들어온 순이는 옷을 벗어 던진 뒤에 남편의 자리로 들어가서 자기의 입을 함부로 남편의 뺨에 문질렀다. 깊이 잠들었던 남편이 조금 기지개를 할 때에 순이는 자기의 온몸을 남편의 몸에 실었다. 그리고 힘을 다하여 남편을 포옹하였다.

이튿날은 장날이었다.

시부모는 밭에 갔다. 남편은 장을 보러 장에 가려 하였다. 장으로 가려는 남편을 순이는 한사코 말렸다.

"몸이 편찮으니 좀 곁에 있어줘요."

이렇게도 애걸해보았다.

"장 볼 건 건넛집 아주버니한테 부탁하고 하루만 쉬요. 그맛 장을 보러 이십 리를 갈까?"

이렇게 이론도 캐어보았다.

"내 부탁을 한 번만 들어주구요. 신통히도 듣기가 싫소?"

이렇게 나무람도 해보았다.

이상한 공포감에 위협받은 순이는 오늘은 집에 혼자 있기가 싫었다. 시동생들이 있다 하나 아직 어린애들, 누구든 어른이 한 사람 있어주지 않으면 그는 무엇이 무서운지 무서웠다. 그 집을 찾아오는 사람이 있을 때마다 순이는 몸을 흠칫하며 놀랐다.

아내가 한사코 말리는데도 불구하고 남편은 장에 갔다. 자기가 가지 않으면 안 될 일이 있다고 뿌리치고…….

남편이 장에 간 뒤에 순이는 문을 꼭 닫고 시동생들을 밖에 못 나가도록 단단히 타이른 뒤에 아랫목 궤 모퉁이에 박혀 앉아서 가슴을 떨고 있었다. 어린 동생 둘이서 큰소리로 농을 할 때에도 순이는 깜짝 놀라 손으로 아서라고 하였다. 조그마한 소리라도 밖에까지 샐세라 하였다.

"너 어제 베 장수 봤지?"

이런 말을 순이는 큰 시동생에게 물어보았다.

"응, 봤어."

"사내라도 이쁘게 생겼지?"

"이쁘긴, 쥐코 같은 게……."

시동생은 이렇게 결론해버렸다. 순이는 그 시동생에게 눈을 깔아 보였다. 그러나 곧 자기 스스로 자기 말을 취소하였다.

"그렇지. 이쁘긴 뭘 이뻐, 멍텅구리지. 너, 너희 형님이나 어머니한테 내가 베 장수가 이쁘다더란 말을 아예 하지 말아, 했다는 쳐내쫓으리라."

그리고 눈이 둥그렇게 되는 시동생을 못 본 체하고 돌아앉아 버렸다.

또 밤이 이르렀다.

시부모와 시동생은 또 먼저 잠이 들었다. 그것을 기다려서 아내는 이불을 끌어당겨 남편과 자기의 머리까지 싹 쓴 뒤에 입을 남편의 귀에 갖다 대고 소곤거렸다.

"오늘은 하룻밤 자지 말고 이야기로 새웁시다."

왜 그러느냐는 남편의 질문에 유난히 무서워서 누가 깨어 있어 주지 않으면 못 견디겠노라 대답하였다. 남편은 아내의 등을 쓸었다.

"어린애! 무섭긴 뭐이 무섭담."

그러면서도 남편은 아내를 힘 있게 안아주었다. 아내는 싱겁게 씩 웃으며 머리를 남편의 가슴에 묻었다.

한참 뒤에 아내의 허리에 걸려 있던 남편의 팔은 힘없이 미끄러졌다. 곤한 그는 어느덧 잠이 들었다. 아내는 남편의 옆구리를 주먹으로 질렀다. 남편은 펄떡 깨었다.

"응? 응?"

"오늘 하루만 새워줘요."

순이는 울다시피 이렇게 애원하였다.

"그래."

그러나 노역에 피곤한 남편은 한마디의 말을 겨우 낼 뿐 또다시 잠이 들었다.

밤이 깊었다.

"딱!"

문밖에서는 또 혀를 치는 소리가 들렸다. 어젯밤에 순이를 놓아줄 때의 약속에 의지해 베 장수가 또 온 것이었다. 순이는 뒤집어썼던 이불을 한층 더 엄중히 썼다. 그러나 비록 엄중히 썼다하기는 하나 순이는 밖에서 또 무슨 소리가 날까 하여 온 신경을 귀에 모으고 기다렸다.

"딱! 딱!"

밖에서는 또 채근하는 소리가 들렸다. 순이는 흐늘흐늘 일어났다. 그리고 옷을 입고 밖으로 나갔다. 밖에는 베 장수가 순이를 기다리느라고 이리저리 거닐고 있었다. 순이는 문밖에 나서면서 벌써 베 장수를 보았지만 '나는 너를 보러 나온 것이 아니라'는 듯이 베 장수 앞을 지나서 저편으로 갔다.

"여보."

베 장수는 순이가 자기 앞을 지날 때에 주의를 끌기 위하여 이렇게 찾아보았지만 순이는 한번 힐끗 돌아보고는 그냥 지나가 버렸다.

그러나 순이의 심리를 이미 알고 벌써 순이의 마음을 잡았다는 굳은 자신을 가진 베 장수는 순이를 따라오지도 않고 그냥 그 자리에 버티고 서 있었다.

아니나 다를까, 순이는 베 장수의 앞을 그냥 지났지만 더 갈 곳은 없었다. 조금 더 가서 샛길로 들어서서 잠시 일없이 서 있던 순이는 다시 돌아서서 제집으로 향하였다.

순이는 제집 앞에서 베 장수를 만났다. 베 장수는 양팔을 벌려서 순이를 쓸어안았다. 그 품 안에서 순이는 몸을 사시나무와 같이 떨고 있었다.

잠시 말없이 순이를 붙안고 있던 베 장수는 역시 말없이 발을 옮겼다. 순이는 마치 인형과 같이 순순히 그에게 끌려갔다.

"아까 보고도 왜 모른 체했소?"

베 장수가 이렇게 물을 때에도 순이는 죽여라 하고 입을 봉하고 있었다. 베 장수는 순이를 힘 있게 포옹하였다. 그때에 베 장수는 아직껏 죽은 듯이 내버려두던 순이의 팔에도 약간 보이는 듯 마는 듯이 힘이 가해진 것을 감각하지 않을 수가 없었다. 순이도 인형을 벗어나서 약간 사람의 모습을 가지게 되었다.

이튿날 농터에 나갔던 시부모와 남편은 늦게 집에 돌아와서 순이가 없어진 것을 발견하였다. 윷이라도 갔나 하고 기다렸으나 밤 깊어서도 순이는 돌아오지 않았다. 좀 먼 곳에 윷 갔나 하고 기다렸지만 이튿날도 순이는 돌아오지 않았다. 순이는 완전히 없어졌다.

집안은 이에 불끈 뒤집혔다. 그리고 감직한 곳을 죄 알아보았다. 그러나 순이의 종적은 발견할 수가 없었다.

그들은 마침내 주재소에 보고하지 않을 수가 없었다. 닷새 뒤에 읍내 경찰서에 베 장수와 함께 순이가 붙들렸다는 통지가 이르렀다.

남편은 부랴부랴 읍내로 들어갔다. 경찰서에서 남편과 아내는 대면하였다. 그때 아내는 왁 하니 울면서 남편의 팔에 매달렸다. 성과 결이 독같이 난 남편이 경관의 제지도 듣지 않고 아내를 발길로 차고 함부로 때릴 때에도 순이는 사소한 반항도 없이, 한 마디의 원망도 없이 남편의 팔에 매달려서 '같이 살아만 달라'고 애걸하였다.

"이 사람하고 살기가 싫으냐?"

고 취조하던 경관이 가리키며 물을 때에 순이는 당찮은 소리라는 듯이 경관을 흘겼다.

"이 사람하고 못 산다 하면 차라리 죽는 편이 낫겠소."

이것이 순이의 대답이었다.

"이 사람이 너하고 안 살겠다면 어찌하겠느냐?"

이렇게 물을 때에 순이는 경관을 내버리고 남편에게로 향하였다.

"여보, 무슨 짓이라도 하라는 대로 할게 함께 살아만 주어요."

"그렇게 살뜰한 남편을 두고 왜 달아났느냐?"

경관이 이렇게 물을 때에 순이는 몸을 한번 떨 뿐 대답하지 못했다.

부처의 사이에 타협은 성립되었다. 경관의 중재와 호상의 정애로써 다시 살기로 된 것이었다. 그리고 부처는 나란히 하여 경찰서를 나섰다.

경찰서를 나갈 때에 어떤 순사가 농담으로 순이에게 이런 말을 물었다.

"베 장수 놈은 고약한 놈이지? 밉지?"

그때 순이는 남편을 한순간 힐끗 쳐다보고 남편에게 보이지 않게 순사에게 고개를 설레설레 저어서 베 장수 역시 밉지 않다는 뜻을 나타냈다.

경찰서 문밖에서 남편에게서 왜 달아났느냐는 질문을 받을 때에 순이는 애원하는 듯이 그 말은 다시는 하지 말아달라고 부탁할 뿐 질문의 대답은 하지 않았다. 그러나 집에 돌아와서는 이런 말을 하였다.

"매일 밤 꿈에 당신을 봤어요."

부처는 다시 본촌으로 돌아왔다. 그리고 전과 같이 안온하고 화탁한 생활은 다시 계속되었다.

순이는 왜 베 장수와 어울려서 달아났나? 먹을 것이 없었나? 입을 것이 없었나? 남편에 대한 애정이 없었나? 시부모가 학대를 하였나? 시동생이 귀찮았나? 생활에 대한 불평이 있었나? 혹은 뒤뜰의 복사나무가 보기가 싫었나?

위에 기록한 가운데 아무것도 순이가 베 장수와 어울리게 될 근거와 달아날 이유가 될 것이 없다. 그러면 그는 왜 베 장수와 어울려 달아났나?

여인은 수수께끼다. '사랑'이라는 것을 마치 배나 능금과 같이 절반으로 갈라서 좌우편으로 붙일 수가 있는 '여인'은 우리의 도저히 풀 수 없는 커다란 수수께끼며 또한 도저히 알 수 없는 무서운 괴물이다. 순이는 왜 달아났을까.

## 제2화

또 한 가지, 이것 역시 신문지가 보도한 '여인'의 기괴한 심리의 발동.

역시 무대는 농촌 주인공은 역시 젊은 부처였다.

이번 아내의 이름은 서분이라 해둘까.

서분이는 열아홉이었다. 그의 남편은 열일곱이었다. 결혼한지 삼 년.

부처 사이의 의를 남들은 좋다 보았다, 시부모며 서분이의 친정 부모들도 좋다 보았다. 서분이도 의가 나쁘다고는 보지를 않았다.

'남편은 이상한 존재.'

이것이 서분이의 남편에게 대한 관념이었다. 그에게는 남편이 어디라 특별히 고운 데는 없었지만 밉게 보이지도 않았다. 때때로 발버둥이를 치며 밸을 부릴 때에는 역하기도 하고 칵 쥐어박고 싶기도 하지만 그러나 어디라 밉게까지 볼 곳은 없었다.

사람의 일례로 시집은 가는 것, 시집을 가면 남편이라는 사람이 있는 것. 그의 시집에 대한 관념과 남편에 대한 관념은 대략이 한 마디로 끝이 날 것이었다. 남편과 아내의 사이에 필연적으로 생기는 의무며 권리며 의리며 애정…… 이런 것은 알지도 못하였다. 남편이란 것은 시집의 아들이며 자기를 마음대로 부려먹는 사람이며, 밤에는 한자리에서 자야만 되는 사람. 이 밖에는 부부에 대한 아무런 관념이며 이해가 없었다.

건넛동리에서 어떤 색시가 새서방의 밥에 양잿물을 넣어서 독살을 계획한 일이 이 동리까지 소문났다. 뒷동리에서는 어떤 색시가 잠든 새서방의 목을 무명으로 댔다가 들켰다. 서분네 동리에서도 어떤 젊은 색시가 누구와 공모하여 남편을 방망이로 때려죽인 일이 있었다.

이 몇 가지의 사건은 서분이의 머리에 이상히 영향되었다. 비록 농촌에서 나고 농촌에서 자라난 서분이라 하나, 과도기인 현대에 태어난 그는 역시 '시대'의 공기에 멱 감지 않을 수가 없었다. 도회의 여인들이 필요 없이 독약 같은 것을 가장 비밀인 듯이 비장하며, 사랑도 않는 사내의 사진만을 들여다보면서 한숨지으며, 숭배하고 싶지도 않은 발렌티노를 (숭배해야만 될 것같이 생각되어) 숭배하는 동안, 농촌의 서분이에게는 또한 농촌 여인다운 마음의 시대적 동요가 있었다.

'남편은 죽여도 좋은 사람.'

근방의 몇 가지의 남편 독살 혹은 독살 미수 사건이 서분이의 마음에 던진 첫 번 그림자는 이것이었다. 이것뿐이면 문제는 더 없겠는데, 그의 마음에 들어앉은 이 그림자는 들어앉으면서 곧 한 걸음 더 나아가기조차 주저하지 않았다.

'남편은 죽여야 할 사람.'

첫 그림자는 어느덧 이와 같이 변해버렸다. 남편의 애정이라 하는 것은 성적 쾌미를 이해한 뒤에야 처음으로 생기는 것이다. 부부의 애정이라 하는 것은 '남녀의 애정'에 '의리'라는 것이 좀 더 가미된 데 지나지 못한다. 부부의 교합이라는 것을 다만 그 아비와 그 지어미가 (까닭은 모르지만) 하여야만 되는 것쯤으로 알고 있는 서분이에게는 남편에 대하여 아내로서의 애정이 있을 리가 없었다. 아내라는 것은 어떤 것인지 그 의의조차 몰랐다. 밤에 한자리에서 자는 것, 이것이 부부이거니, 이 이상은 몰랐다.

아직 성과 애정과 부부 문제에 대하여 아무 철이 없는 서분이의 귀에 몇 가지의 살부 사건이 들어올 때에 서분이는 자기도 남편을 죽여보고 싶은 생각이 났다. 그 생각의 근원에는 '남편이란 죽여야 될 것'이라는 막연한 생각까지 섞여 있었다.

그는 자기의 시부모가 수십 년 전에는 자기와 같은 젊은 부부였다는 것을 생각지 않았다. 자기의 친정 부모가 수십 년 전에는 역시 지금의 자기와 같은 젊은 부부였다는 것도 잊었다. 이성이 합하여 수십 년 뒤에는 한 몸과 같이 된다는 것을 생각지도 않았다. 그다지 밉게 보이지는 않지만 남편이란 사람은 왜 그런지 '남'같이 생각되었다. 비록 죽여버린다 할지라도 아무렇지도 않을 '남'이었다.

'어디 죽여보자.'

이리하여 그는 어떤 날, 남편의 밥에 바늘을 두세 개 묻었다. 어른과 아이는 한방에 모여서 저녁을 먹었다. 남편도 숟갈을 들었다.

이때부터 웬 까닭인지 서분이의 마음은 괴상한 공포로써 도저히 스스로 걷잡을 수가 없었다. 한 술, 두 술…… 남편이 입에 밥을 넣을 때마다 서분이는 입을 벙싯벙싯하였다.

'그 밥을 잡숫지 말아요. 그 밥에는 바늘이 들었어요.'

남편의 입으로 밥이 들어갈 때마다 목에까지 나와서 걸리는 이 말을 도로 삼키느라고 서분이는 몇 번은 '어' 소리를 냈다. 남편을 주의하느라고 자기의 밥조차 잊었다.

"너 밥 안 먹느냐?"

서분이는 시어머니에게 두 번이나 이런 채근을 받았다. 그럴 때마다,

"네, 먹지요."

하고 머리를 밥으로 향하고 했지만, 한입만 먹은 뒤에는 그의 주의는 또다시 남편의 숟갈로 향하고 하였다.

'오늘은 별로 밥을 많이도 먹네.'

서분이는 울상이 되어 이런 생각까지 하였다.

남편의 밥그릇이 거의 밑이 드러나게 된 때였다. 남편은 갑자기,

"에크."

소리를 치며 숟갈을 멈추었다.

아! 서분이는 바야흐로 입으로 가져가려던 숟갈을 힘없이 떨어뜨렸다. 그리고 죽자, 하고 눈을 지르감았다.

남편은 두 손가락을 입에 넣고 좀 찾다가 바늘을 하나 얻어냈다.

"이게 바늘이로군. 이다음엔 밥 지을 땐 머리에 바늘 꽂은 채로 하지 말게. 큰일 날라."

아무것도 모르는 남편은 대수롭지 않게 여길 뿐으로 바늘을 담벽에 꽂았다.

'후! 안 먹었다.'

서분이가 지르감았던 눈을 뜰 때에 그의 눈에서는 눈물이 솟았다.

그날 밤같이 남편이 사랑스러운 맘이 서분이의 과거에 없었다. 죽은 줄 알았던 남편이 살아온 듯이 서분이는 힘 있게 남편을 안고 안고 하였다. 성을 아는 여인이 오래 떠나 있던 정랑을 만난 것같이, 서분이는 잠들려는 남편을 깨워서는 쓸어안고 깨워서는 쓸어안고 하였다.

눈물이 때때로 까닭 없이 흘렀다.

"혀가 바늘에 찔려 아프지 않소?"

자려는 남편을 깨워가지고 이런 말도 몇 번을 물어보았다.

무사한 몇 달은 지났다.

부처의 의는 남 보기에도 전보다 좋아졌다.

서분이는 저보다 나이 어린 서방을 밤마다 힘 있게 붙안고 등을 쓸어주고 하였다. 그러나 악마는 어떤 날 또다시 그의 마음을 사로잡았다.

어떤 날, 남편의 저녁밥에 그는 양잿물을 곱게 풀어서 넣었다.

왜? 여기 대하여는 서분이도 몰랐다. 시렁에 쓰다 남은 양잿물이 있는 것을 볼 때에 문득 얼마 전에 건넛동리에서 어느 색시가 제 서방을 양잿물을 먹인 것이 생각나면서 기계적으로 행한 일에 지나지 못하였다.

그날 그는 저녁밥이 먹기 싫다고 동리집에 놀러 갔다. 그의 계산으로는 서너 시간 그 집에서 놀고 남편이 죽은 뒤에 돌아올 작정이었다.

동리집에서 그는 친구들과 윷을 놀았다. 그러나 윷을 노는 동안 그의 마음은 잠시도 내려앉지 않았다. 자기가 몇 동이던가를 한 번도 기억한 적이 없었다.

"서분이 너 다섯 동 가는구나."

서분이가 정신없이 윷을 놀 때에 동무들이 깨우쳐주는 일이 있을지라도 서분이는 웃지도 못하였다.

"가면 가지 여섯 동인들."

하고는 또 윷을 던지는 그였다.

몇 번을 귀를 기울였다. 혹은 멀리서 무슨 부르짖음이라도 없나

하여…… 몇 번을 혼자서 흠칫흠칫 놀랐다. 그러다가 윷을 중도에 내버리고 그 집을 나섰다.

그의 집에서는 방금 비극이 시작되는 즈음이었다. 그가 거의 집에 이르렀을 때 남편의 토하는 소리가 들렸다. 왜 그러느냐고 부르짖는 시어머니의 소리가 들렸다.

서분이는 더 참지를 못하였다. 그는 단걸음에 뛰어가서 토방위에 올라섰다. 그리고 문 걸쇠를 잡으려다가 손을 도로 내리고 귀를 기울였다. 안에서는 벅적하였다. 남편의 토하는 소리와 신음하는 소리, 부모의 덤비는 소리, 쿵쿵 몸이 뛰노는 소리…….

서분이는 문을 열어젖히며 뛰어들어갔다.

"어머니, 왜 그래요?"

"글쎄, 알겠니. 속이 모두 찢어지는 것 같다누나. 이걸 어쩐담."

서분이는 남편을 보았다. 남편의 얼굴은 고통 때문에 밉게 찡그려져 있었다. 몸은 잠시도 쉬지 않고 뛰놀았다.

순간, 서분이는 마음에 폭발하는 공포를 깨달았다. 그는 눈으로 죽음을 보았다. 죽음이란 얼마나 두렵고 큰 것인지를 보았다. 그 죽음이 제 남편의 위에 임한 것을 보았다. 죽음을 임하게 한 것이 자기라는 것도 자각하였다.

동시에 남편에 대하여 아직까지 가져보지 못한 관념이 폭발하듯이 그의 마음에 튀어 올랐다.

'저 사람은 내 사람.'

지금 자기의 독수 때문에 고통하며 혹은 죽을는지도 모르는 그 사람은 시부모의 아들이라기보다도 친정 부모의 사위라기보다도 서분이 자기의 사람이라는 생각이 강렬히 불붙어 올랐다. 저 사람은 내 사람. 죽기까지 동고동락을 하여야 할 사람…… 구원하여야겠다. 어떤 일이 있든 구하여야겠다. 결코 죽게 해서는 안 되겠다.

"여보, 정신 좀 차려요."

그는 한번 남편의 어깨를 흔들어본 뒤에 맹렬히 그 집을 뛰쳐나왔다.

서분이는 곁집으로 달려갔다. 그리고 문을 절꺽 열고 머리만디밀었다.

"아주머니, 양…… 양……."

"누구냐?"

"서분이야요. 양…… 양잿물 먹은 데 뭘 먹으면 나아요?"

"글쎄, 잘 모르겠군. 왜 그러냐?"

"어서! 큰일 났어. 양……."

"글쎄, 왜 그래? 누가……."

그냥 어떻다는 것을 서분이는 문을 탁 닫아버리고 그 집을 나와서 다음 집으로 갔다.

세 집 만에야 서분이는 양잿물을 삭이는 방문을 겨우 알았다.

"뜨물을 먹여봐라."

이 말을 듣고 누구가 양잿물을 먹었느냐는 질문에는 대답도 않고 집으로 달려온 서분이는 곧 부엌으로 들어가서 뜨물을 한바가지 떠가지고 방 안으로 들어왔다.

"에케, 에케, 얘 미쳤다?"

철레철레 뜨물을 흘리며 들어오는 며느리를 시부모는 경이의 눈으로 쳐다보며 피하였다.

"뜨물이 약이래요."

이 말뿐, 서분이는 남편에게로 가서 날뛰는 남편을 쓸어안고 머리를 억지로 자기의 무릎 위에 눕힌 뒤에 뜨물을 부어 넣었다.

푸— 퉤—. 남편은 뜨물을 뱉었다. 서분이는 다시 먹였다. 먹이고 뱉고 이러는 동안에 몇 모금의 뜨물을 남편은 마셨다. 뜨물을 남편의 입에 붓는 동안 서분이는 정성을 다하여 신령께 축수하고 있었다. 제 목숨을 죽일지언정 이 사람은 살려주세요. 죽지않게 해주세요.

그것은 뜨물의 덕인지 서분이의 성의의 덕인지 남편의 생명만은 붙었다. 그러나 입속과 창자가 모두 해져서 목숨은 붙었다 하나 매우 위독하였다.

서분이는 잠시를 곁을 떠나지 않고 위독한 남편의 병간호를 하였다. 세상의 어떤 어머니가 제 자식에 대하여 이렇듯 지극한 사랑을 가졌을까. 한 주일을 간호할 동안 서분이는 자리에 누워보지도 않았다. 정 졸음이 오면 잠시 남편의 자릿귀에 기대어서 깜빡 잘 뿐 자지도 않았다. 이 지성의 간호에 남편의 병은 나날이 나아갔다. 한 주일 뒤에는 조금 밥도 먹게 되었다.

그러나 세상의 입은 무서웠다.

알지 못할 급병으로 날뛰는 남편을 서분이는 어떤 근거로써 양잿물 먹은 줄을 알고 그 방문을 물으러 다녔을까. 여기서 말썽은 말썽을 낳았다. 그리고 그 말썽은 차차 전파되어 귀 밝은 경찰에까지 들어갔다.

서분이는 남편의 병상 앞에서 경관에게 끌려갔다.

아직은 마음을 놓지를 못하겠으니 이틀만 더 병간호를 한 뒤에 마음대로 잡아가 달라는 서분이의 탄원도 아무 효력이 없이 그는 앓는 남편을 남겨두고 돌아보며 돌아보며 주재소로 끌려갔다.

"나는 아무렇게 되든 당신이나 얼른 쾌차해요."

이 말 한마디를 남기고서.

시부모도 따라 나오면서 눈물로 며느리를 보냈다.

지금 서분이는 옥창에서 남편의 병든 몸을 생각하며 눈물짓고 있겠지. 여인의 향하는 의표意表 외의 일은 도저히 우리로서는 해외의석할 수가 없는 일이다. 서분이는 왜 남편을 죽이려 하였을까.

여인은 수수께끼다. 여인은 하느님의 특작特作 제품이다.

# 죄와 벌

# I

— 어떤 사형수의 이야기

"내가 판사를 사직한 이유 말씀이야요? 나이도 늙고 인젠 좀 편안히 쉬고 싶기도 하고, 그래서 사직했지요. 네? 무슨 다른 이유가 있다는 소문이 있어요? 글쎄, 있을까. 있으면 있기도 하고, 없다면 없고, 그렇지요. 이야기해보라고요? 자, 할만한 이야기도 없는데요."

어떤 날 저녁, 어떤 연회의 끝에 친한 사람 몇 사람끼리 제2차회로 모였을 때에, 말말끝에 이런 이야기가 나왔다. 그리고 그 전 판사는 몇 번을 더 사양해본 뒤에, 이런 이야기를 하였다.

"나는 사법관이지 입법관이 아니었으니깐 거기에 대한 자세한 내용은 모르지만, 법률이 어떤 범죄에 대하여 형을 과하는 것은 현명한 여러 입법관의 머리에서 얼마 동안 연구되고 닦달된 뒤에야 처음으로 명문으로 될 것이 아닙니까? 그리고 우리 사법관은 법률의 명문의 모호한 점을 해석하며, 법률의 명문에 의지해서 범죄를 다스리는 것이 직책이지, 그 법률의 근본을 캐어가지고 이렇다저렇다 하는 것은 권리에 지나치는 일이겠지요. 그러니깐, 나는 형의 비판이라든가는 하지 않겠습니다. 그리고 다만 내가 재직 때에 당한 한 가지의 예를 들어서, 내가 판사라는 지위를 사직한 이유를 간단히 말해보겠습니다.

내가 복심법원 판사 때의 일이외다. 어떤 날 어떤 사형수의 공소 재판이 있어서 그것을 내가 맡게 되었는데, 예비지식으로 피고의 공소 이유와 제1심의 기록 등을 대강 눈에 걸쳐보니깐, 사람 셋을 죽인 살인강도범이었습니다. 더구나 피살자 세 사람 가운데 하나는 아직 철모르는 어린애로서, 그런 철모르는 어린애까지 죽인 살인강도는 성질로 보아 흉포무쌍한 자가 아니겠습니까. 그래서 그저 그만치 알아두었습니다. 대체 사형수라 하는 것은, 하여간 공소는 해보는 것이니깐……

별로 신기하게 여길 사건도 아니므로, 그저 그만치 해가지고 공소 재판을 열었지요. 그리고 순서대로 주소, 성명, 연령, 직업, 전과의 유무 등을 물었는데, 스물세 살 났다는 젊은 사람이 전과 육 범이었습니다.

열두 살 때에 소매치기를 비롯하여, 절도, 공갈, 강도, 등등 온갖 죄악을 다 범한 사람이었습니다. 많은 경험이 아닐지라도 이만하면 벌써 피고의 성질이 짐작될 것이 아닙니까. 그래서 마음으로는 벌써 공소해야 역시 사형이라고 생각하고 있었습니다. 그리고 다만 규칙에 의지해서, 공소한 이유를 물었지요. 그러면서도 피고가 무슨 핑계를 대거나 범행을 부인하는 말을 하려니 하고 있었습니다. 그랬더니 피고는 뜻밖의 대답을 하지 않겠습니까?

피고의 말은, 자기는 사형이 싫어서 공소한 것이 아니다. 다만 자기는 제1심에서 자기의 과거를 한번 다 이야기해볼 기회를 얻지 못해서 그 기회를 얻으려고 공소한 것이지, 사형이 억울해 그런 것이 아니라고 합니다그려. 자기의 범행은 죽어도 싸다고, 검사가 할 말까지 하겠지요. 그래서 나는 온화한 말로, 공판정은 범행을 조사해서 거기다 형을 과하는 곳이지 피고의 경력 연구소가 아니니깐 그것은 허락할 수 없다고 거절해버리고 범행에 대해서 조사를 하려니까, 피고는 한참 머리를 수그리고 있더니 그러면 공소를 취하하겠다고 그러겠지요.

그래서 공소는 그만 취하해버렸는데, 한 이삼일 뒤에 문득 그 생각이 나서, 원 대체 자기의 경력을 이야기 못 하면 사형을 달갑게 받겠다던 그 피고의 경력은 어떠한 것인가……고, 호기심이 무럭무럭 나서, 어디 한번 알아보자 하고, 한가한 틈을 이용해가지고 형무소로 찾아갔지요. 그리고 판사 대 피고의 지위가 아니요, 개인과 개인의 관계로서 그 사람을 면회를 했습니다. 그리고 그가 초췌한 얼굴로 기뻐서 내게 이야기한 바로서, 그 사람의 경력이 이런 것이었음을 알았습니다."

그의 이름은 홍찬도라 하였다.

비교적 미남자였고, 얼굴로 보아서는 아무 흉포한 점이 없었다.

그는 사람을 셋을 죽였다. 무슨 큰 원함이 있어서 죽인 바도아니요, 돈을 뺏으러 들어갔다가 들켜서 그만 세 사람을 죽인 것이었다. 처음에는 어른 두 사람을 죽이고, 달아나려다가 그는 곁에서 날뛰면서 울고 있는 서너 살 난 어린아이까지 마침내 죽인 것이었다. 이것이 혹은 잔혹한 일이라 할지 모르나, 이것은 그가 그 어린아이에 대한 자비심에서 나온 것이다. 이것이 그의 범죄사실이었다.

그는 열한 살부터 벌써 죄를 짓기 시작하였다. 소매치기, 절도, 협박, 공갈, 강도, 이러한 모든 죄를 차례로 지으면서 오늘날까지 이르렀다. 범죄에서 감옥으로, 감옥에서 범죄로, 안정되지 못한 생애를 밟아오다가 마침내 스물세 살이라는 지금에 세 사람을 죽였다는 무서운 죄악으로써 사형의 선고를 받은 것이었다.

그러면 그는 천성이 그렇게 못된 사람이었던가. 부모의 유전으로 그런 못된 성질을 물려받았던가. 혹은 사귀던 친구가 나빴던가.

만약 친구가 나빴다 하면, 그런 못된 친구와 사귀는 것을 감독할만한 부모는 무얼 하였나. 자식을 감독할 줄을 몰랐나. 감독하려 하지를 않았나 또는 못하였나. 가령 못하였다 하면, 그 이유는?

그의 아버지는 어떤 운송조에서 마차를 끌어주고 그날그날을 보내는 온량한 시민이었다. 그의 어머니도 역시 참한 여인으로서 남편을 공대하고 자식을 사랑할 줄 아는 온량한 아내였다. 이러한 부모 아래서 가난하나마 아무 부족한 불만을 모르고 그는 열한 살까지 자랐다. 그때 그는 보통학교 오학년생이었다.

그러나 사람의 생활에 병집은 언제 어디서 일어날지 전혀 모를 바였다. 이것은 하느님이 사람으로 하여금 잠시도 마음을 놓지 않도록 주의시키려는 자비심에서 나온 것인지, 혹은 악마가 사람의 세상을 위협하는 수단에서 하는 것인지는 모르나, 사람의 세상은 언제 어떤 곳에서 뜻하지 않은 괴변이 생길지 온전히 모를 바였다.

그의 아버지가 법률의 그물에 걸렸다. 일은 사소한 것이었다. 말하자면 그에게는 아무런 책임도 없는 일이었다. 어떤 날, 그의 부리는 말이 지나가는 자동차에 놀라서 구루마를 단 채로 거리로 달아났다. 놀란 말이 달아나서 돌아다니는데, 체면과 인사가 있을 리가 없었다. 마차에 치여서, 몇 사람은 중상을 당하고, 몇 사람은 죽었다. 그것뿐이었다. 그러나 그 즉사한 사람 가운데에는 불행히 그 지방의 장관이 있었다.

여기서 문제는 커졌다. 놀란 말이 장관을 알아볼 리가 없고, 장관이라 한들 마차에 치이면 죽는 것이 당연하지만, 장관이 죽었다 하는 것은 그 사건의 결과를 좀 더 중대화하였다. 법률은 그를 꼭 벌해야 할 책임을 느꼈다. 그리고 육법전서를 편 결과, 형법 제211조에서, '업무상 필요한 주의를 게을리하여 사람을 사상死傷에 이르게 한 자는 삼 년 이하의 금고, 혹은 천 원 이하의 벌금에 처함'이라는 조문을 얻어내고, 그에게 삼 년 동안을 형무소 안에서 지내기를 명하였다.

이리하여 비극은 마침내 이 집안에도 이르렀다.

인형으로서의 온공함과 얌전함은 배웠지만 아직 주부로서의 권리와 의무와 그것의 행사 방법에 대한 교육과 교양이 없는 찬도의 젊은 어머니는, 이런 일을 당하면 낭패할밖에는 다른 도리는 없었다. 어머니는 낭패하였다. 그리고 그 낭패에 대하여 아무런 방책도 생겨나지 않는 동안에 시간은 거듭하여 날이 되고, 날은 거듭하여 달이 되었다.

법률은 정당한 선고를 찬도의 아버지에게 내린 것이었다. 법률은 사회에 대하여서나 찬도의 아버지나 모자에 대하여서나 아무런 가려운 일이 없었다. 세상의 질서를 유지하기 위하여 찬도의 아버지에게 내린 선고는, 세상의 정신 못 차리려는 사람들을 정신 차리도록 하려는 한 경종으로서, 이것은 법률의 정당한 사명이었다. 그러나 그 법률이 잊어버린 사람의 축에 한패의 가련한 모자가 있었던 것이었다. 처세학이라는 것을 배우지 못한 때문에 밥을 굶고 옷을 헐벗지 않으면 안 될 가련한 모자가 있었던 것이었다.

그러나 하느님이 사람을 내실 때에, 사람으로 하여금 먹을 것이 없어서 죽게까지는 내지 않았다.

찬도는 어느덧 학교에 안 다니게 되었다. 아니, 오히려 못 다녔겠지. 그리고 단칸방에서 이런 아들과 젊은 어머니가 주린 배를 움켜쥐고 며칠을 참은 뒤에 어떤 날, 어머니는 나가서 쌀과 나무를 사왔다.

아직껏은 쌀과 나무와 옷감이라는 것은 하늘이 비를 주듯 때때로 (어린 찬도는 모르는 틈에) 내려주는 것쯤으로 알고 별로 신기하게 생각하지 않던 찬도는, 이번 사건의 뒤에 처음으로 쌀과 나무는 돈을 주고 사는 것이며, 그것이 돈을 주는 아버지가 없어졌으므로 떨어졌다는 것을 알았던 것이었다. 그랬던 것을, 어머니(며칠을 돈이 없어서 굶고 지내던)가 사왔다 하는 것은, 찬도에게는 뜻밖이었다. 웬 돈? 누가 돈을 벌었나? 무엇을 하여 벌었나?

어떤 날 아침, 좀 일찍 깬 찬도는 머리맡에 흩어져 있는 음식 그릇들을 보았다. 찬도는 벌떡 일어났다. 그리고 거기 남은 부스러기라도 고르려고 하다가 갑자기 속이 불유쾌해져서 그만두고 어머니를 보았다. 어머니는 아직껏 깨지 않았다. 그 어머니의 얼굴에는 분이 발려 있었다. 찬도는 속이 몹시 언짢아졌다. 자기도 맛있는 음식을 먹고 싶을 것은 어머니도 잘 알 터인데, 밤에 혼자 사다 먹었다는 것은 찬도의 자존심에 거슬린 것이었다. 모반함을 받은 것 같은 분한 마음과 알미운 어머니의 태도에 노염이 난찬도는 분김에 옷을 주워 입고 몰래 집을 나섰다. 그리고 노염과 분함이 차차 더해가는 하루를, 굶으며 그 근처를 돌아다니면서 어머니가 자기를 찾아 나와서 변명하기를 기다리다가 밤 열시쯤하여 할 수 없이 집으로 돌아왔다.

집에는 웬 잔치가 있었다. 어머니는 웬 사나이와 마주 앉아서 음식을 먹고 있었다. 그러다가 슬그머니 들어오는 아들을 보고,

"온종일 어디 갔었니. 얼른 자라!"

하고 한마디 꽥 소리를 지른 뿐이었다. 음식을 먹으란 말도 없었다. 배고프지 않느냐는 말조차 없었다.

찬도는 자리를 윗목에 내려 펴놓고 누웠다.

"좀 가만가만 펴지, 몬지 나누나."

어머니는 또 나무람을 하였다. 분함과 노염과 주림으로 자리 속에 들어는 갔지만 찬도에게 졸음이 올 리가 만무하였다. 음식 냄새가 코로 몰려 들어왔다. 그것은 몹시 좋은 냄새였다. 그러나 또한 몹시 역한 냄새에 다름없었다.

울고 싶은 마음, 아니 오히려 죽고 싶은 마음을 이를 악물고 참느라고 찬도는 목덜미를 와들와들 떨었다. 신경, 더욱 귀의 신경은 날카로워졌다. 행여나 '찬도야, 너도……' 하기를 기다렸으나 그것은 헛바람이었다.

마침내 찬도는 일어났다. 그리고 몰래 이불 밖으로 기어 나와서, 문을 연 뒤에 문밖에 나섰다. 그리고 신을 신고 밖으로 막 뛰려 할 때에, 어머니가 따라 나와서 그를 붙들었다. 그리고 손에다 무엇을 쥐여주었다.

"오십 전이다. 뭘 나가서 사 먹어라."

찬도는 욱하니 울었다. 아직껏 하루 종일을 참고 또 참았던 울음이었다.

"애도 울기는 왜……."

어머니의 태도는 다시 쌀쌀해졌다. 이 한마디뿐, 어머니는 도로 들어가서 문을 절컥 닫았다.

아무리 어린 찬도일지라도 제 어머니의 하는 일의 의의를 알았다. 그것은 사람의 길에 벗어난 일이었다. 부끄러운 일이었다. 찬도에게는 그런 일을 하는 어머니가 천스러웠다.

그는 생활난과 정조라는 것의 가치를 비교할만한 진보된 지식은 아직 못 가졌다. 하물며 제 어머니라는 사람과 생활난과 정조 관념의 삼각관계를 이해할 리가 없었다. 그러나 수천 년간 그의 조상들이 신봉해오는 관념의 여파로서, 제 어머니의 하는 일이 지극히 천스럽고 부끄러운 일인 줄은 알았다. 그는 어머니를 경멸하지 않을 수가 없었다.

이리하여 사회의 질서를 유지하고자 행한 바 법률의 처분은, 여기서 그 부산물로서 모자간의 이반이라는 사회질서에 위반되는 일을 해놓았다. 그 뒤부터는 모자의 사이는 차차 벌어졌다. 아들은 제 어머니에게서 어머니의 행동에 대한 변명이 듣고 싶었다. 그러나 어머니는 변명하지 않았다. 그 대신 아들의 양해…… 묵인을 바랐다.

그러나 아들은 양해하지 않았다. 아들은 차차 어머니와 이야기하기를 피하였다. 그것을 갚으려는 듯이, 어머니도 차차 아들과 이야기를 피하였다. 그리고 처음에는 서로 '피하려'던 것이, 차차 어느덧 서로 '악의로써 대하게' 되었다. 어미는 변변찮은 작은 일로도 차차 제 아들을 몹시 꾸짖는 일이 많아갔다. 할 수 있는 대로 이야기를 안 했지만, 하게 되면 그것은 꾸중이나 욕설뿐이었다.

그러나 제 어머니를 경멸하는 아들에게는 그 꾸중이 귀에 들어올 리가 만무하였다. 아들은 꾸중에 머리도 안 숙였다. 변명도 안 하였다. 대답조차 안 하였다. 못 들은 체하고 저 할 장난만 하였다. 이렇게 되면, 어머니는 더욱 성을 냈다. 그리고 발을 굴렀다. 그러나 아들은 제 태도를 고치지 않았다. 그는 어머니를 무시하는 것으로 유일의 대항책을 삼는 것이었다.

어머니는 아들이 그렇게 미워서 그러하였나. 혹은 부끄러움을 감추기 위하여 그런 태도로서 아들을 대하지 않을 수가 없었나. 이것은 알 수 없다. 알 필요도 없다. 다만 이리하여 모자간의 정애가 차차 없어졌다는 것을 알면 그뿐이다.

아들은 차차 '집안'이라는 것을 버리기 시작하였다. 아침에 밖으로 나가서는 어두운 뒤에야 집으로 돌아오는 일이 차차 많아갔다. 그러나 찬도에게는 밤에나마 집에 들어오는 것은 할 수 없어서 하는 일이었다. 할 수만 있으면 안 돌아오고 싶었다. 이 사내 저 사내(대개가 노동자)가 이전의 찬도의 아버지가 행한 노릇을 하는 광경은 찬도에게는 보지 못할 노릇이었다. 영업(가령 찬도의 어머니가 하는 노릇을 영업이라 부를 수가 있다면)은 나날이 번성해갔다. 저녁때 사내의 그림자가 그 오막살이에서 뵈지 않는 날이 쉽지 않았다. 낮에는 웬 노파들이 많이 다녔다. 젊은 어머니의 이쁘장스러운 얼굴과 애교와 박리다매주의는, 오늘날 이렇듯 영업의 번성함을 보게 한 것이었다.

찬도는 대개 낮에는 어디 나가 있었다. 그는 처음에는 갈 곳이 없어서 거리거리를 헤맸다. 그리고 공원에서 쉬었다. 점심은 대개 굶었다. 정 견딜 수가 없을 때에는, 제집 부엌에 와서 도적질하여 먹었다. 그러나 그러는 동안에, 그도 어느덧 섞여서 같이 놀만한 소년의 한 무리를 발견하였다. 활동사진관 앞과 정거장 대합실들에서 일없이 빙빙 도는 소년의 무리였다.

그들은 대개 집이 없었다. 간혹 있는 애가 있었으나 집에 들어가지는 않았다. 그러면서도 필요에 응해서는 돈을 썼다. 지폐 몇 장씩 가지고 있는 애까지 있었다. 찬도는 그들과 사귀어서, 거기서 점심으로 호떡, 간간은 청요리도 얻어먹으며 사람들 틈에 끼여서 활동사진 구경도 더러 다녔다.

이러는 동안에 찬도는 그들에게서 소매치기 방법을 배운 것이다. '죄'는 벌하여야 할 것이다. 마땅히 벌을 받을만한 죄를 지은 찬도의 아버지가 벌을 받은 것은 당연한 일이다. 그러나 그가 '마땅히 받을 벌'을 받기 때문에, 그의 젊은 아내는 밀매음이라는 부도덕한 범죄를 하였다. 천진스럽던 그의 사랑하는 아들은 소매치기에 손을 댄 것이었다. 예전의 멸족의 형(멸족지형)과는 근본부터 다르다 하나, 결과에 있어서, 자활할 능력이 없는 어린 가족에게 아무런 보호의 시설도 없이 가장을 '벌'한다 하는 것은 멸족의 형과 아무런 차이가 없었다.

소매치기에 손을 댄 뒤부터는, 찬도는 집에 돌아가지 않았다. 파한 뒤의 활동사진관, 공원의 벤치, 장국집들을 숙소로 삼았다. 그리고 이러한 방랑자만이 느낄 수 있는 커다란 자유와 긴장과 유쾌를, 그는, 거기서 어느덧 느끼기 시작한 것이었다.

그러는 동안에 절도에도 손을 댔다. 그리고 절도 여행으로 다른 지방에 출장을 다녀와서 일 년 만에 어떻게 제집에 가보니, 거기에는 다른 사람이 살고 있었다. 그의 젊은 어머니는 간 곳도 알수가 없었다. 그의 가련한 아버지는 마침내 옥중에서 죽었다. 그러나 찬도는 그것조차 알지 못하였다. 그는 어느덧 소매치기의첫 시험을 '축'으로 하여, 그전의 생활과 거기 관련되는 온갖 군잡스러운 문제는 잊어버린 것이었다. 소매치기와 절도, 이러한 위태한 사다리를 그는 한 걸음 한 걸음 걸어 올라갔다.

그러다가 열일곱 살 나는 해에 첫 번 형무소의 맛을 보았다. 형무소 안에는 많은 동지가 있다는 것은 이 소년의 마음을 더욱 든든히는 하였을망정, 손톱눈만치의 후회도 일으키게 못 하였다. 뿐만 아니라 형무소는 이 소년에게 범죄 방법을 가르치는 한 학교였다.

형무소에서 나온 그는 역시 그것으로 제 밥벌이(?)를 삼았다. 그것밖에는 다른 것은 취할 길도 몰랐거니와, 다른 길은 사회에서 그를 받아주지도 않았다. 이리하여 범죄와 형무소, 이러한 행정을 밟으면서 소년기에서 청년기에 들어선 그는 마침내 살인강도라는 들기조차 무서운 죄목 아래서 사형의 선고를 받게 된 오늘의 범행까지 지은 것이었다.

그것은 어떤 첫여름이었다. 일없이 공원에 앉아서 낮잠을 자고 있던 그는, 누가 깨우는 바람에 상쾌한 졸음에서 깨었다. 깨어보니, 그것은 며칠 전에 찬도와 같이 출옥한 감옥 친구였다. 두 사람의 사이에는 한 가지의 계획이 성립되었다. 즉 어떤 집에 강도로 들어가자는 것이었다. 찬도도 아무 뜻 없이 쾌히 승낙하였다. 아직껏 해보지 못한 범죄라 하는 것은, 찬도에게는 매우 흥미있는 것이었다.

이리하여 그들은 이튿날 밤이 깊어서, 어떤 집에 들어갔다. 그러나 여기서 찬도의 뜻밖의 일이 생겼다. 공범자는 돈을 다 뺏은 뒤에 준비했던 칼로 주인 부처를 죽였다. 그리고 유쾌한 듯이 칼을 휙 던져서, 담벽에 꽂아놓은 뒤에 휘파람을 불면서 나갔다.

여기서 물론 찬도도 그 공범자와 함께 달아나는 것이 옳을 것이었다. 그러나 찬도는 움쭉하지 못하였다. 눈앞에 보이는 피는 그의 온몸을 마비시켰다. 그는 마치 그 자리에 발이 붙은 듯이, 눈이 멀찐멀찐 서 있었다. 공범자는 이런 일에 경험이 많았는지, 칼 맞은 사람은 찍소리도 못하고 한칼에 죽었다. 그러나 근육은 아직 호물호물하였다.

피! 그것은 과연 괴상한 물건이었다. 거기에 커다란 충동을 받은 찬도는 정신을 못 차리고 서 있었다. 그는 온 힘을 다하여 정신을 수습해보려 하였다. 그러나 애쓰면 애쓸수록 정신은 더욱 어지러워졌다.

십여 분이 지난 뒤에야 그는 펄떡 정신을 차렸다. 동시에, 아직껏 불같이 울어대는 어린아이가 있는 것을 처음으로 인식하였다. 그는, 발로써, 그 어린아이를 힘껏 찼다. 그리고 도망하려 뛰어나왔다.

그러나 그는, 그 집 문밖에서 순사에게 잡혔다. 순사는 어린아이가 너무도 우는 것이 수상하여, 그 집 문밖에서 동정을 엿듣고 있었던 것이었다.

이렇게 그 찬도의 경력을 이야기해오던 전 판사는, 잠깐 말을 멈추었다가 다시 이었다.

그런데, 그 사람에게는 제 말과 같이 (그 제 말을 나는 믿습니다) 공범이 있었는데, 예심 조서 이하 초심 기록 아무 데를 보든다 저 혼자 범행한 모양으로 됐지 공범의 이야기는 없거든요. 하기는 경찰서의 조사에는 잠깐 그런 이야기가 있었지만, 그 뒤부터는 늘 그것을 부인해왔어요. 그런데 그 이유로 그 사람이 제 입으로 내게 한 말을 듣자면, 자기는 아무 세상 철없는 순진한 어린애를 죽였으니깐 죽어도 싼데…… 자기는 어차피 사형될 터에, 공연히 남까지 끌어넣어서 그 사람까지 죽이면 무얼 하느냐고…… 그 사람, 공범의 죄를 보자면 역시 열 번 죽여도 싸기는 하지만 그 사람에게는 처자가 있는 것을 생각하니깐, 자기의 어렸을 때의 생각이 나서 차마 불어넣지 못하겠다고요. '피'를 본다 하는 것은 과연 무서운 것이외다. 아직껏 아무 반성 없이 온갖 죄악을 범해오던 그 사람도, 뜻하지 않은 피를 보고 그만 양심이 일어서면서 동시에 그런 고찰도 생긴 모양이지요.

그 사람은 제 경력을 다 이야기하더니 쓸쓸하게 웃으면서, 이것은 결코 자기가 감형을 받고 싶거나 그래서 한 것이 아니고, 왜 그런지 (허영심이랄지) 죽기 전에 한번 이야기나 해보고 싶어서 한 것이라고. 그러면서 마지막 말로 자기는 죽어도 뒤에 남는 가족이라는 것이 없으니 안심이라고 하면서 도로 감방으로 끌려갔습니다.

나는 그날 밤잠을 못 잤습니다. 더구나 그 찬도의 아버지에게 삼 년의 형을 선고한 것은 나였습니다그려. 내가 지방법원에 재직할 때에 그 사건을 맡아 했는데, 내 생애 가운데 많은 과실상해죄를 처결했으니깐 기억에 없을 듯하나, 그 사건만은 그때에 이 지방의 장관이 마차에 치여 죽었다는 별다른 사건이었으므로 아직 기억에 남아 있어요. 그리고 나는 거기 대하여 손톱눈만치도 후회하거나 부끄럽게 생각지 않습니다. 당시에도 그렇게 생각했지만 지금도 그 일을 부끄럽게 생각지 않습니다. 그것이 내가 나라에서 맡은 책임이요, 온 국민에게 맡은 의무인 이상에 무엇이 부끄럽겠습니까.

찬도의 아버지도 그것을 억울하게 생각지 않았겠지요. 그는 공소도 안 했으니깐……. 그러나 우리가 생각도 안 했던 '이면'에는 이러한 참극이 생겨났다는 것을 어떻게 뜻이나 했겠습니까.

나는 그 이튿날부터 찬도의 감형 운동을 했습니다. 물론 내 경험에 의지해서, 그 운동이 효과가 없을 줄은 짐작은 했어요. 공범자를 드러내면 혹은 전 판결을 번복시킬지도 모르나 이것은 찬도의 의사가 아니니깐, 다만 찬도는 환경 때문에 못된 죄는 범했으나 잘 지도하면 좋은 사람이 될 가능성이 있는 것을 유일의 이유로 감형 운동을 했습니다그려. 그리고 그 운동이 실패하게 된 것을 핑계 삼아가지고 판사를 사직하고 말았지요.

분명한 숫자는 모르지만 내가 형을 선고한 죄수만 하여도 이십여 년간에 수천 명이 될 터인데, 그 가운데서 우리가 온전히 모르고 뜻도 안 한 비극과 참극이 얼마나 많이 생겼는지 생각하면 속이 떨립디다그려.

내가 사직한 후 사흘 뒤에, 찬도는 사형을 받았지요. 그때 입회하였던 검사의 말을 들으니깐 그 사람, 이름도 부르기가 별합니다, 찬도의 마지막 말은 '마음에 걸리는 것이 없습니다'는 한마디뿐이었다고요. 그리고 그 검사는 그 말을 회개한 죄수의 말로 해석하는 듯합니다. 그러나 나는 그 말을 그렇게 해석하지 않습니다. '나는 처자가 없으니깐, 죽어도 뒤가 근심되지 않는다.' 나는 이렇게 해석합니다. 이미 죽은 사람의 말이니, 어디 가서 뜻을 판단해 달랄 수는 없지만, 어떻습니까, 내 해석이 오히려 그럴 듯 하지 않습니까?

전 판사는 의견을 묻는 듯이 좌중을 둘러보았다. 그러나 거기에는 대답하는 사람이 없었다.

# 순정

## ■ 연애 편

북경으로 동지사가 들어갈 때였다.

복석이는 짐을 지고 동지사 일행을 따라가게 되었다.

"언제 돌아오련?"

"글쎄, 내야 알겠니?"

"그때 치맛감 한 감 꼭 사오너라."

"시끄러운 것. 두 번 부탁 안 해두 어련히 안 사오리."

복석이와 용녀의 작별은 눈물겨운 장면이었다. 놓았다가는 다시 부여잡고 부여잡았다가는 다시 놓고 밤을 새워가면서 서로울었다.

"되놈의 계집애가 너를 가만둘 것 같지 않다."

이렇게도 말해보았다.

"마음 변했다가는 죽인다."

이렇게도 말해보았다.

그러다가 새벽 인경이 울 때에야 그들은 놓았다.

동지사의 일행은 압록강도 무사히 건넜다.

때는 팔월 중순이었다. 무연한 만주의 벌에 잘 익은 고량高粱이 머리를 수그리고 있었다. 그 밭 사이에 뚫린 길을 '쉬—' 소리 용감스럽게 동지사의 일행은 북경으로 길을 갔다. 짐을 지고 따라가는 석이의 눈에는 멀리 지평선 위에 용녀의 얼굴이 어른거렸다. 화상을 따다가 붙인 듯이 지평선 위에 딱 붙어서 아무리 지우려야 없어지지를 않았다. 복석이는 그것을 바라보고 빙그레 웃고 하였다.

압록강을 넘어선 지 열흘 만에 복석이는 수토불복水土不服으로 넘어졌다.

복석이는 울었다. 억지 썼다. 나를 여기 버리고 가는 것은 소백정이라고 떼도 써보았다. 그러나 대사는 복석이의 병 때문에 지체할 수가 없었다. 그의 병든 몸은 산 설고 물 선 곳에 혼자 떨어졌다. 그리고 동지사의 일행은 여전히 북경으로 북경으로 길을 채었다.

열흘이 지났다. 복석이의 병은 완쾌되었다. 아무리 낯선 수토라 할지라도 철석같은 보석이의 건강은 당할 수가 없었다.

그는 동지사의 뒤를 따르려 하였다. 그때 마침 다행으로 같은 길을 가는 어떤 중국 사람을 만났다. 그들은 사흘을 동행하였다. 그리고 사흘째 되는 날 저녁 그들은 어떤 호농豪農의 집에서 하루를 묵게 되었다.

밤이 되었다. 복석이가 용녀의 일을 생각하면서 혼자 기뻐할 때였다. 갑자기 문이 열리며 되놈 서넛이 달려들어서 복석이의 따귀를 떨어지라 하고 때렸다. 영문을 몰랐지만 복석이는 반항하였다.

그러나 사람의 수효로 사 대 일이었다. 그날 밤 그는 결박을 당하여 움에 갇혔다.

이튿날 그는 벌에 끌려나갔다. 하루 종일을 농사 추수에 조력하였다.

밤에는 또한 결박하여 움에 가두었다. 낮에는 또 일을 시켰다. 이십 일이 지났다. 그동안에 그는 손짓 눈짓으로 겨우 자기가 십년 기한으로 종으로 이 집에 팔렸다는 것을 알았다.

그때에 그는 열아홉 살이었다. 그는 이를 갈았다. 그러나 어찌할 수 없었다. 밤낮을 파수병이 그들을 지켰다.

끝없이 긴 하루를 지나면 또한 끝없이 긴 새날이 이르렀다. 긴 새날이 이를 때마다 그는 용녀를 생각하고 십 년을 어찌 지내나하였다.

일 년이 지났다.

아아, 일 년이라는 날짜가 얼마나 길었을까? 그러나 이상타. 지나고 보니 꿈결 같은 일 년이었다. 어느 틈에 지나갔나 생각되는 일 년이었다.

그것은 벌써 만기의 십분의 일이었다. 이렇게 열 번 지내자 지내자 그는 결심하였다.

어언간 십 년도 지났다. 지나고 보니 꿈결 같은 십년이었다. 오늘이나 놓아주나 내일이나 놓아주나. 아아, 용녀는 아직 살아있나?

이렇게 기다리던 끝에 그는 뜻밖의 선고를 받았다. 다른 호농에게 새로운 이십 년의 기한으로 다시 팔린 것이었다.

처음에 그는 혀를 끊으려 하였다. 그러나 용녀를 생각하고 중지하였다. 또 이십 년을 참자. 그는 용하게도 이렇게 결심하였다.

새집에서도 또한 십 년이란 날짜가 지났다. 그때 그는 사십에 가까운 나이였다.

그는 대국과 왜나라와의 사이에 난리가 있다는 것을 바람결에 들었다. 그 뒤를 이어 대국이 졌다는 소식도 바람결에 들었다.

"왜가?"

그것은 과연 뜻밖이었다. 아아, 그동안 용녀는 잘 있나.

조선이 독립하여 한국이 되었단 풍문도 들었다. 동지사라는 것도 연전 없어졌다는 것도 들었다. 그럴 때마다 그는 용녀를 생각하고 한숨을 쉬고 하였다.

장 대인이 천자가 되었다는 소식이 전하면서부터는 그런 시골 중의 시골에서도 욱적하였다. 종들도 모두 놓여난다고 종들 사이에서도 수군수군하는 공론이 많았다. 그때는 복석이는 벌써 칠십이 가까운 나이였다.

마침내 복석이도 놓여났다. 그러나 그것은 장 대인의 덕이 아니고 나이 많아서 농사에 종사하지 못하게 되었기 때문이었다.

아아, 기나긴 날짜였다. 오십 년이라 하는 진저리나는 긴 날짜를 용녀를 생각하고 살고 용녀를 생각하고 지냈다. 놓여난 때에는 그는 '용녀'의 한 마디밖에는 조선말을 잊은 때였다.

그는 놓여나면서 푸른빛 치맛감을 한 감 사가지고 오십 년 전의 약속을 이행코저 정다운 고향을 향하여 길을 떠났다.

간 곳마다 그의 경이驚異였다. 기차라는 것이 있었다. 이전에는 나루로 건넌 압록강에 커다란 쇠다리가 놓여 있었다. 이전에는 곳곳마다 곡발관이 씩씩거렸지만 인제는 그 자취조차 없었다. 고을고을의 영문과 군청에는 모자 쓴 아이들이 드나들었다. 정다운 고국? 아아, 그러나 그것은 그에게는 너무나 낯설고 정 붙일 곳이 없는 고국이었다.

그는 서울에 도착하였다. 오십 년을 두고 그리던 그 땅이었다. 변하였으리라 생각은 하였으나 그것은 상상 이상의 변화였다. 몽롱한 기억에 남아 있는 것뿐이나마 삼각산은 그 빛조차 달라졌다. 남산은 그 형태조차 변하였다.

그는 서울 장안을 집집마다 대문을 기웃거리며 싸돌았다.

그는 두 달을 찾았다. 그러나 용녀를 위하여 오십 년은 참았으나 여기서 두 달 이상을 더 찾을 기운은 없었다. 말로는 고국이나마 산 설고 물 설고 말 모르는 타향이었다.

그는 마침내 단념하였다. 그러나 온전히 단념하지 못한 그의 마음은 서울에 남겨두고 또다시 대국으로 서울을 등졌다. 그의 쓸쓸한 그림자는 의주통도 지났다.

장안은 벌써 재 너머로 사라졌다.

그는 다시 한 번 서울을 돌아보았다. 그리고 침을 탁 뱉은 뒤에 몸을 바로 하였다. 그때였다. 그는 뜻밖에 자기의 여남은 간 앞에 용녀의 뒷모양을 발견하였다.

그는 뛰어갔다.

"당신, 당신……."

너무 억하여 이 한마디밖에는 하지 못하였다.

"왜 이래!"

노파는 홱 뿌리치며 돌아섰다. 그때에 복석이는 오십 년 동안을 잠시도 잊지 못하였던 그 두 눈알을 보았다. 당신 소리가 연하여 그의 입에서 나왔다.

노파도 마침내 알아보았다.

"이게 누구냐? 복석이로구나!"

둘은 마주 부여잡았다.

이제 다시 놓았다가는 영구히 잃어버릴 듯이 힘을 다하여 쓸어안고 통곡하였다.

좀 뒤에 행인들은 웬 더러운 지나 인과 조선 노파가 앞에 푸른 비단을 펴놓고 서로 왜콩을 까먹으며 기뻐하는 양에 경이의 눈을 던졌다.

얼마 뒤에 이 칠십 난 총각과 칠십 난 처녀의 결혼식이 있었다. 신부의 몸은 푸른 지나 비단으로 감겨 있었다.

## ■ 부부애 편

"당신 그 지아버니가 금년 봄에 병들어 죽었소."

만 리 밖에, 돈벌이하러 남편을 떠나보내고 혼자서 외로이 집을 지키고 있는 아내에게 이런 소식이 왔다.

그때 아내는 태중으로 거의 만삭이 되어 있었다.

얼마 뒤에 아내는 옥동을 낳았다.

산후도 경쾌히 지낸 뒤에 아내는 삯베를 짜기 시작하였다. 천하 만사를 모두 잊은 듯이 젊은 과부는 베 짜기에 열중하였다.

일 년이 지났다.

어린애는 해들거리며 벌벌 기어 다녔다. 젊은 과부는 때때로 뜻하지 않게 베 짜던 손을 멈추고는 어린애를 내려다보고 하였다.

또 일 년이 지났다.

어린애는 쿠등쿠등 뛰어다녔다. 쉬운 말은 다 하였다.

젊은 과부의 눈물 머금은 사랑의 눈은 어린애의 생장을 돕는 가장 좋은 거름이 되었다. 어린애는 나날이 보이게 컸다.

어린애의 세 돌이 지났다.

천하만사를 잊은 듯이 베 짜기에 열중하였던 젊은 과부는 베짜기를 중지하였다. 그리고 그사이에 모은 돈을 세어보고 곁집을 찾아갔다.

"엄마 언제 와?"

"열 밤 자구 오마."

"그때는 아버지도 같이 오지?"

"암, 같이 오고말고."

앞서는 눈물을 감추고 젊은 과부는 제 가장 사랑하던 아들과 작별하였다. 그사이에 삼 년 동안을 삯베를 짜서 모은 돈을 어린 아이와 함께 곁집에 맡긴 뒤에 수로 천 리 육로 천 리의 먼 길을 떠났다.

제주도에서 백두산까지, 남쪽 끝에서 북쪽 끝까지 생각만 하여도 진저리가 나는 먼 길을 젊은 과부는 수중에 돈 한푼 없이 떠났다. 없는 남편의 뼈를 거두어 오고자…….

먹을 것이 없을 때에는 솔잎을 씹었다. 산골짜기 바위틈에서 자기가 예사였다. 큰 집에 가서는 동냥을 하였다. 마을에 가서 삯일을 하였다. 이리하여 열 밤 자고 오겠다고 자기 아들에게 약속한 젊은 과부는 집을 떠난 지 일 년 만에야 백두산 벌목 터까지 찾아갔다.

"제주도에서 왔던 사람의 무덤……."

이러한 몽롱한 질문을 하면서 이 벌목 터에서 저 벌목 터로 찾아다니던 그는 석 달 만에야 그 '제주도에서 왔던 사람의 무덤'을 얻어냈다.

사람의 독한 마음은 능히 하늘빛을 어둡게 할 수 있는 것이다. 몇 해 동안을 단지 이 한 덩이의 흙더미를 찾기 위하여 애쓴 그는 마침내 여기서 발견하였다. 그는 나뭇개비를 하나 얻어다가 그 무덤을 팠다. 그리하여 무서움도 모르고 밤을 새워가면서 뼈를 추려 가지고 온 치롱에 넣은 뒤에 그는 그 자리에서 처음으로 통곡을 하였다. 사 년에 가까운 날짜를 참고 또 참았던 울음이었다.

사흘을 머리를 풀고 통곡을 한 뒤에 그는 산을 내려왔다.

소문이 벌써 퍼졌는지, 산 아랫마을에는 사람들이 수군거리며 그를 기웃기웃 들여다보았다. 젊은 과부는 머리를 수그리고 걸었다. 그의 등에는 가장 그의 사랑하던 이의 해골이 지워 있는 것이었다.

사랑은 가장 큰 것이다. 사랑은 모든 것의 위에 선다. 사랑하는 이를 등에 업은 그는 발걸음조차 가벼웠다. 이제는 사랑하는 이의 유고遺孤를 기르는 귀한 책임이 그에게 있었다.

고향의 길로…… 둘째 걸음은 첫걸음보다 더욱 빠르게 다시 육로 천 리 수로 천 리의 길을 떠난 그는 어떤 동리에 들어갔다. 그것은 그 해골을 파낸 곳에서 이틀 길쯤 되는 곳이었다.

그는 시장함을 깨달았다.

한술의 밥이라도 얻어먹을 양으로 어떤 집 문간에 섰다. 남의 집 문간에 서는 것도 한두 번뿐이라만 등에 사랑하는 이의 해골을 업은 이때에는 그것도 그다지 고통은 아니 되었다.

"?"

그는 거기서 없은 줄만 알았던 자기의 남편을 보았다. 어떤 여인과 살면서 그 집주인 노릇을 하는 남편을…….

"여보……."

모깃소리만한 소리가 짐짓 여인의 입에서 새었다.

"아……."

역시 모깃소리 같은 소리가 남편의 입에서 새었다.

여인의 등에 졌던 치룽은 저절로 미끄러져서 힘없이 땅에 내려졌다. 여인의 오른편 무릎이 땅에 닿았다. 그 뒤를 따라서 왼편 무릎도 닿았다. 그다음 순간 여인의 몸은 넘어지는 고목과 같이 땅에 쓰러졌다.

넘치는 순정을 발에 밟힌 바 된 젊은 여인은 너무 억하여 그 자리에 쓰러진 것이었다.

이리하여 그는 거기서 영원한 잠이 들었다.

## ■ 우애 편

"자네 이즘 뭘로 소일하나?"

"그저 그렇지."

길에서 만난 C가 물어볼 때에 A 군은 오연히 이렇게 대답하고 지나가 버렸다. C는 A 군의 동창생의 하나인 재산가요, A 군은 무직자였다.

"오 A 군! 이즈음 생활이 어떠시오?"

"노형, 아픈 데 있소?"

다른 친구가 길에서 만나서 물을 때에 A 군은 불유쾌한 듯이 이렇게 대답하고 획 지나가 버리고 말았다.

그 사람은 어떤 회사의 고급 사원이었다.

"자네 이즈음 용처 벌이나 하나?"

"자네나 돈 잘 벌어서 부자 되게."

또 다른 친구에게는 이렇게 대답하였다.

그 사람은 장사하는 친구였다.

남이 아무 짓을 하든 무슨 관계야. 자기네들이나 어서 돈 많이 벌어서 잘살지. 친구들이 자기에게 문안하는 것조차 A 군에게는 수모와 같았다.

이전에 학교에 같이 다닐 때에는 모두 벗이었다. 그러나 일단 교문을 나서서 빽빽이 자기의 업에 달려든 다음부터는 모두들 적이 되었다.

부잣집 아들은 호강을 하였다. 재산 있는 사람은 월급쟁이가 되었다. 재산 없는 사람은 그래도 제 직업 하나씩은 붙들었다. 그러한 가운데 혼자서 아무것도 못 하고 놀고 있는 A 군이었다.

친구들이 그를 만나서 무얼 하고 있느냐고 묻는 것은 A 군에게는 마치 나는 이러이러한 일을 하는데 자네는 뻔뻔 놀고 있나 하는 듯이 들렸다.

이제 언제, 이제 언제…… 그는 주먹을 부르쥐며 때때로 생각했다.

겨울이었다.

일없이 하루 종일 거리를 헤매던 A 군은 저녁때 무거운 다리를 집으로 돌렸다. 늙은 어머니를 어쩌나. 병신 누이동생을 어쩌나. 모두가 그에게는 근심뿐이었다.

아아, 날도 춥거니와 세상도 춥다…….

그의 얼굴빛은 송장과 같이 핏기가 없었다.

집에는 아랫목에 어머니가 쪼그리고 앉아 있었고, 병신 누이동생이 그 곁에 웅크리고 있었다. 방 안이 바깥보다 더 추웠다.

'모두들 헐벗었구나.'

A 군은 방안을 둘러보았다. 책상 귀에 무슨 편지가 놓여 있었다.

"아까 누가 두고 가더라."

"오늘 누가요?"

"내가 알겠니?"

A 군은 봉을 찢었다.

'친구의 정일세. 과동過冬이나 하게.'

그리고 은행 깍지 한 장이 들어 있었다. A 군의 얼굴은 하얘졌다가 문득 시뻘게졌다.

'누가 거지냐. 누가 돈을 달라더냐.'

은행 깍지는 다시 그날 밤으로 보냈던 사람의 집에 들어뜨려졌다.

'양반은 얼어 죽어도…….'

그는 속으로 부르짖었다. 그러나 목이 메어서 그 뒤는 계속하지를 못하였다.

어떤 날 집에 돌아오매 늙은 어머니가 보이지 않는 눈을 연하여 부비며 무슨 비단옷을 짓고 있었다.

"그게 뭐예요?"

어머니는 한순간 눈을 치떠서 A 군을 바라볼 뿐, 대답하지 않았다. A 군도 다시 묻지 않았다.

저녁 뒤에 어두운 석유불 아래서 어머니는 그 옷을 다시 들었다.

"그게 뭡니까?"

A 군은 또 물어보았다. 어머니는 역시 대답이 없었다. A 군은 또 다시 묻지 않았다.

그러나 한참 뒤에 어머니는 혼잣말같이 말하였다.

"우리는 괜찮지만 출입하는 사람이야 옷 한 벌은 있어야지 않니. 품팔이를 해서라두 옷 한 벌은 장만해야지……."

A 군은 탁 가슴에 무엇이 받쳐 오르는 것을 깨달았다. 눈이 아득하였다. 그는 얼른 머리를 돌이키고 말았다.

이튿날 그는 낡은 교과서를 한 보통이 몰래 싸가지고 집을 나섰다. 그리고 하루 종일 전당국에서 낡은 책방으로, 또다시 전당국으로 돌아다녔으나 팔십 전밖에는 거두지를 못하였다.

C를 찾을까 해보기도 하였으나 죽으면 죽었지 C를 찾지를 못하였다.

'할 수 없다. 이것으로 옷 한 벌은 못해 드리나마 따뜻한 국 한그릇이라도 끓여드리자.'

그는 저자를 보아가지고 집으로 돌아왔다.

집안은 뜻밖에 봄같이 화기가 돌고 있었다. 그리고 윗목에는 C가 앉아 있었다.

A 군은 순간에 불붙는 눈으로 C를 보았다. C도 A 군을 쳐다보았다.

"A 군, 노여워 말게."

아아, 감격에 넘치는 순간에 사람은 능히 저편 쪽의 심리며 진심까지 귀신과 같이 꿰뚫어 볼 수가 있는 것이다. A 군은 C의 눈에서 순정이 흐르는 것을 보았다. 그것은 결코 부르주아의 자비심이 아니고 진정의 마음에서 나온 우애였다.

A 군은 둘러보았다.

질소質素는 하나마 두텁고 뜨뜻한 옷에 싸여 있는 어머니와 병신 누이동생을…… 그리고 깨끗한 돗자리를…… 또한 두꺼운 이부자리를…….

A 군은 C의 앞에 꿇어 앉았다.

눈물이 샘솟듯 그의 눈에서 흘렀다.

그리고 A 군은 이때에 처음으로 알았다. '순정' 앞에 머리를 숙이는 것은 결코 부끄러운 일이 아닌 것과, 그 앞에 흘리는 눈물이 얼마나 귀엽고 또한 기쁜 것인가를…….

# 명화 리디아

# ㅣ

벌써 삼백육십여 년 전. 무대는 그때의 남유럽의 미술의 중심지라 할 T 시.

삼 세기가 지난 지금까지 그의 이름이 혁혁히 빛나는 대 화가 벤트론이 죽은 뒤에 한 달이라는 날짜가 지났습니다.

오십 년이라는 세월을 같이 즐기다가 갑자기 그 지아비를 잃어버린 늙은 미망인은 쓸쓸하기가 짝이 없었습니다.

해는 밝게 빛납니다. 바람도 알맞추 솔솔 붑니다. 사람들은 거리거리를 빼곡히 차서 오고 갑니다. 그러나 이것이 모두 미망인에게는 성가시고 시끄럽게만 보였습니다. 너희들은 무엇이 기꺼우냐. 너희들은 너희들이 난 곳을 말대末代까지 자랑할만한 위대한 생명 하나가 한 달 전에 문득 없어진 것을 모르느냐. 너희들은 무엇이 기꺼우냐.

석 달 동안을 참고 참아왔지만, 미망인은 이 시끄럽고 '있으면 있을수록 없는 남편의 생각이 더욱 간절한' 이 도회를 내버리고 어떤 고요한 시골에 가서 조용히 살려고 마음먹었습니다.

그리하여 그는 이 도회를 떠날 준비의 하나로서 한 이삼십 점이 되는 제 그 지아비의 유작을 죄 팔아버리려 하였습니다.

며칠 뒤에 이 T 시의 모든 미술비평가며 화상들은 벤트론 미망인에게서, 없는 남편의 비장하던 그림이며 유작들을 팔겠으니, ○○일에 와서 간색看色을 보라는 통기를 받았습니다.

그리고 그 집의 각 방을 장식하였던 고 벤트론의 각 작품은 완성품이며 미완성품을 물론하고 모조리 없는 이의 화실로 모아들였습니다.

간색을 보인다는 ○○일은 아침부터 각 귀족이며 '예술을 이해하는' 부호들이며 화상들이 마치 저자와 같이 미망인의 집에 들락날락하였습니다.

위층 자기 방에 들어앉아 있는 부인은, 손님이 왔다고 하인이 여쭐 때마다 적적한 한숨을 내쉬고,

"안내해드려라."

한마디뿐으로 자기는 내려가 보지도 않았습니다.

그러나 점심 좀 뒤에 R 대공작과 당대에 제일가는 미술비평가 Y 씨의 방문을 받은 미망인은 이 두 유명한 사람을 존경하는 뜻으로 몸소 내려가 보지 않을 수가 없었습니다. 부인은 두 유명한 사람들을 몸소 안내해가지고 아직껏 자기는 (이상한 두려움과 불안과 추억 때문에) 들여다보지도 않던 화실에 데리고 갔습니다. 그러나 당대의 대 화가의 미망인으로서의 자기의 권위를 잘 아는 노부인은 가장 점잖고 오만한 태도로 두 사람을 인도하였습니다.

그러나 화실은 '혼잡'이란 문자를 쓰기까지 부끄럽도록 어지러웠습니다. 그림은 모두 하나도 걸려 있는 것은 없고 포개지고 겹쳐져서 담벼락에 기대어 있었습니다.

"에이구."

부인은 점잖은 감탄사를 던졌습니다.

공작과 비평가는 고즈넉이 걸어서 그림들 있는 데로 가서 하나씩 치우면서 보기 시작하였습니다. 그러나 몇 개를 보던 그들은, 어떤 그림 하나를 담벼락에 세워놓고 서너 걸음 물러섰습니다.

부인은 그것을 보고 깜짝 놀랐습니다. 그런 그림이 어찌 거기가 섞여 있었나? 그것은 없는 벤트론의 가장 어리석었던 제자 미란이란 사람의 그림 〈리디아〉라는 것으로서, 어떤 여자 괴상한 웃음을 그린 초상화였습니다.

"그것은……."

부인은 의외의 사건에 놀라서 점잖은 태도도 잊어버리고 달려가서 설명하려 할 때에 비평가 Y 씨가 손을 저었습니다.

"부인, 알았습니다. 이것은 없는 벤트론 씨가 가장 비장秘藏하던 그림이란 말씀이지요? 공작! 이보세요, 나는 아직껏 수천 점의 그림을 보고 비평하고 했어도 아직 이런 그림은 본 적이 없습니다. 이 그림의 여자의 미소를 공작은 무엇으로 보십니까? 그 수수께끼 같은 웃음. 아아, 참 벤트론은 전무후무의 화가다."

"흠."

공작도 의미 깊은 감탄사를 던졌습니다.

한 반 각이나 말없이 그 그림 앞에 서 있던 두 사람은 아까운 듯이 힐끗힐끗 돌아보며 돌아갔습니다.

부인은 두 손님을 보낸 뒤에 쓸쓸한 자기 방에 돌아 왔으나, 그 우작愚作 〈리디아〉가 마음에 걸려서 마음을 진정할 수가 없었습니다.

'없는 남편의 가장 어리석은 제자 미란이 그 그림을 그려가지고 보이러 왔을 때에 남편의 태도는 어떠하였나?'

그때에 남편은 눈을 부릅뜨고 미란을 책망하였습니다.

"너는 이 그림을 대체 무어라고 그렸나?"

"여자의 요염한 웃음을 그려보려 했습니다."

"요염? 바보! 그런 요염이 어디 있어? 이십 년 동안을 내 문하에서 공부를 하고도 요염한 웃음 하나를 못 그린담? 그게 네게는 요염한 웃음 같으냐? 이 바보야, 그건 오히려 배고파서 우는 얼굴이다. 너 같은 제자는 쓸데없으니 오늘부터는 다른 스승을 찾아가라."

미란은 그 그림 때문에 파문까지 당하고 울면서 돌아갔습니다. 그 뒤에 벤트론은 아직 성이 삭지를 않은 소리로 아내에게 이렇게 말하였습니다.

"참 우인愚人같이 다루기 힘든 것은 없어! 다른 애들은 사오 년이면 완전은 못하나마 그래도 비슷한 그림 하나씩은 그려놓는데 이십여 년을 내게서 밥을 먹고도 웃는 얼굴을 그리노라고 우는 얼굴을 그리는 그런 우인이 어디 있어."

'이렇게 비웃던 그 〈리디아〉가 어떻게 없는 남편의 유작 가운데 섞여 있었나. 뿐만 아니라, 그 우인의 우작이 당대의 제일가는 비

평가 Y 씨의 눈에 남편의 유작으로 비친 이런 창피스러운 일이 어디 있나.'

부인은 제가 만약 교양만 없는 여자였더면 이제라도 달려가서 그림을 본 Y 씨와 R 공작을 죽여버리고 그 그림을 불살라버렸으리라고까지 생각하였습니다.

그러나 이튿날은 의외의 일이 생겼습니다. R 대공작의 차인이 와서 부인에게 황금 오천을 드리고, 그 우작 〈리디아〉를 가져간 기괴한 사건이었습니다. 부인은 무슨 영문인지를 몰랐습니다.

이래 3세기간 그 우작 〈리디아〉는 벤트론의 이름과 함께 더욱 유명해지고 더욱 값이 가서 각 부호며 귀족 혹은 왕들의 객실을 장식하다가 오륙십 년 전에 오만 파운드라는 무서운 금액과 교환되어 지금은 G 박물관 벤트론실 정면에 가장 귀히 걸려 있습니다.

그리고 그동안 그 그림 앞에 섰던 모든 인류, 혹은 군소 작가며 비평가들은 다 꼭 같은 감탄사와 찬사를 그 미란의 우작 〈리디아〉에게 던지며 돌아서면서는 모두 다 이렇게 생각합니다.

'명화다. 사실 명화다. 대체 그 웃음은 무엇을 뜻함일까, 조소? 기쁨? 우스움? 요소妖笑? 사실 수수께끼야. 벤트론이 아니면 도저히 그리지 못할 웃음이다. 아아, 나는 왜 벤트론만한 재질을 못 타고났나?'

# 수정 비둘기

그것은 사람의 마음을 끝없이 무겁게 하는 어떤 가을날이었다.

가슴을 파먹어 들어가는 무서운 병에 시달린 외로운 젊은이는 어떤 날 저녁, 어떤 해안의 조그마한 도회의 거리를 일없이 돌아다니고 있었다. 때는 바야흐로 저녁 해가 바다에 잠기려 하는 황혼이었다.

죽음을 의미하는 불치의 병에 걸린 이 젊은이는 무거운 다리를 골목골목으로 끌고 있었다.

이렇게 일없이 돌아다니던 젊은이는 어떤 집 문 앞에서 그 집 대문턱에 걸터앉아 있는 소녀를 하나 보았다.

열 두세 살 난 소녀였다.

소녀는 젊은이를 쳐다보았다. 젊은이는 소녀를 내려다보았다.

소녀의 눈은 수정과 같이 맑았다. 진주와 같이 부드러웠다. 젊은이는 소녀에게 가까이 갔다.

"너 몇 살이냐?"

"열두 살."

"이름은?"

"영애."

병 때문에 감격키 쉬운 젊은이는 황혼에 빛나는 그 소녀의 맑고 아름다운 눈에 감격되었다. 젊은이는 지갑을 꺼내 소녀에게 얼마간 주려다가 그 맑은 소녀의 마음에 돈 때문에 사념邪念이 생김을 저어하여 다시 지갑을 넣고 시곗줄에서 수정으로 새긴 비둘기를 떼어서 소녀에게 주었다. 그리고 다시 무거운 다리를 끌고 그 자리를 떠났다.

길모퉁이를 돌아설 때에 젊은이는 뜻하지 않게 또 돌아보았다. 소녀의 맑은 눈은 감사하다는 듯이 그의 뒤를 따르고 있었다.

이태가 지났다.

젊은이의 병은 차차 무거워갔다.

아무 친척도 없는 이 젊은이는 한 사람의 의사와 한 사람의 간호부와 한 사람의 노파를 데리고 이 해안에서 저 해안으로 고치지 못할 병을 행여나 고쳐볼까 하고 돌아다니고 있었다.

또 이태가 지났다.

여느 사람 같으면 벌써 저세상으로 갔을 병이건만 그의 성심의 덕으로 아직까지 끌기는 끌었다. 끌기는 끌었으나 다시 회복될 가망은 없었다.

남쪽 해안, 임시로 지은 그의 요양소에서 그는 고요히 죽을 날을 기다리고 있었다.

그때부터 그는 때때로 사 년 전 가을 어떤 작은 도회에서 본 황혼의 소녀의 눈을 환각으로 보았다.

그는 소녀의 얼굴도 잊었다. 타입도 잊었다. 그러나 자기를 쳐다보던 그때 그 소녀의 두 눈알만은 아련히 이 젊은이의 눈에 남아서 젊은이의 마음에 아름다운 추억을 주었다.

몹쓸 꿈에서 깨어나면서 식은땀에 젖은 괴로운 몸을 침대 위에 돌아누우면서도 그는 뜻하지 않게 '애—' 하고는 빙그레 웃고 말았다.

어떤 날 황혼, 이 젊은이는 간호부를 불렀다. 그리고 제 침대를 바다로 향한 문 안으로 (머리를 바다 쪽으로 두게) 옮겨놓아 주기를 청하였다.

간호부는 젊은이의 얼굴을 보았다. 그리고 말없이 침대를 그의 지시하는 대로 밀어다 놓았다.

젊은이는 침대에 누운 채로 도로 나가려는 간호부를 불렀다. 그리고 바다를 가리켰다.

"저—기 배가 하나 있지요?"

"어디요?"

"저—기 돛단배."

"네."

"그걸 봐요."

간호부는 그 배를 보았다. 무슨 이유인지를 몰라서 눈을 도로 젊은이에게 돌렸다.

"한참…… 오분 동안만 봐요."

간호부는 다시 배를 보았다.

배를 바라보는 눈을 젊은이는 누워서 쳐다보았다.

젊고 이쁜 얼굴이었다.

그리고 젊고 이쁜 눈이었다.

그러나 젊은이는 그 간호부의 눈에서 사 년 전 어느 저녁에 본 그 소녀의 눈에서와 같은 아름다움은 발견하지를 못하였다.

젊은이는 한숨을 쉬었다. 그리고 간호부에게 도로 나가기를 명하였다.

젊은이의 최후가 이르렀다.

황혼의 해안…… 천하가 붉게 물들어져 있었다. 그리고 그 반사광은 젊은이의 누워 있는 방 안까지 새빨갛게 물들여놓았다.

해안의 물결 소리, 어부들의 뱃노래, 이러한 가운데에서 젊은이는 고요히 눈을 감았다.

사 년 전 어떤 황혼에 본 소녀의 그 눈을 마음으로 보면서 이 젊은이는 고요히 이 세상을 떠났다.

그의 유서가 피로披露 되었다.

그의 유서에는 사 년 전에 ○○시 ○○골에 살던 그때 열두 살이었던 영애라는 처녀를 찾아서 그 처녀가 그때 어떤 과객이 준 수정으로 만든 비둘기를 갖고 있거든 자기의 유산 전부를 주어 그 비둘기를 사서 자기와 같이 묻어달라는 말이 있었다. 그리고 젊은 이는 그때의 그 소녀가 아직껏 그 비둘기를 갖고 있을 것을 의심하지 않고 믿었던 것이었다.

이리하여 그의 주검은 수정 비둘기와 함께 무덤으로 갔다.

# 죽음

## 1-1

여는 어떤 벗의 딸의 주검을 따라서 진남포 공동묘지에 가본 일이 있다. 그것은 겨우 해토가 시작된 이른 봄이었다.

아직껏 다른 곳의 공동묘지를 본 일이 없는 여인지라 비교는 할 수 없으나 진남포의 공동묘지는 '참담' 그 물건이었다. 그것은 사람의 주검을 묻으려고 작정해놓은 지역이라기보다 죽음을 모욕하기 위하여 만들어놓은 제도라고 말하고 싶을 만큼 참담하였다. 겨우 해토 때로서 겨울 동안에 갖다가 묻은 무덤들은 아직 그 위에 덮은 거죽의 빛도 변하지 않고 그 거죽이 바람에 날아남을 막으려고 두어 줌씩 올려놓은 흙에는 아직 손자국이 남아 있었다. 그리고 겨울 동안에 그 작은 진남포에서 웬 사람이 그리 많이 죽었는지 눈앞에 저편 아래까지 보이는 무덤은 모두 아직 송장 내가 나는 듯한 새무덤뿐이었다.

진남포의 공동묘지는 산비탈이었다. 그리고 땅은 발간 흙이었다. 글자 그대로 새빨간 무덤이 산마루에서 저편 아래까지 규칙없이 (더구나 땅 한 평에 주검 하나씩을 묻었는지라 그 주먹만큼씩한 무덤과 무덤의 사이에는 사람 하나가 통행할 자리조차 없이) 수천 개가 놓여 있으며, 아직 나무 빛이 변하지 않은 묘패에는 그 죽은 사람의 이름과 죽은 날짜(그것도 모두가 소화 오 년)가 씌어 있었다. 미상불 이 관과 저 관은 서로 머리와 발이 맞닿았을 것으로서, 말하자면 부세浮世에서는 서로 알지 못하던 사람이 여기에서는 공동묘지라는 제도 때문에 뜻에 없는 친밀을 서로 주고받는 셈이었다.

그날은 바람이 몹시 부는 날로서 모두 무덤 위에 덮은 (아직 빛은 변하지 않은) 거죽들은 벗어질 듯이 펄럭였다. 산비탈의 괴상스러운 바람 소리와 새빨간 흙더미 위에서 펄럭이는 거죽은 어떤 의미로 보아서는 처참하달 수 있었다.

벗의 딸의 무덤 자리는 산마루에 가까운 곳이었다.

그날은 또 한 패의 장례가 있었다. 그리고 주검의 무덤 자리는 벗의 딸의 무덤 자리와 잇달아서 바로 윗자리였다. 두 개의 주검이 나란하게 놓여 있고 일꾼들은 구멍 두 개를 파고 있었다. 아랫구멍의 윗끝과 윗구멍의 아래 끝의 거리는 두 자에 지나지를 못하였다.

그것을 구경하고 있던 여는 문득 생각난 일이 있어서 아래로 발을 옮겼다. 그것은 작년 봄에 심장마비로 열일곱 살이라는 아까운 나이로 저세상에 간 B의 무덤을 찾아보려 함이었다. 여는 그의 죽음을 신문에서 보았다. 그리고 언제 진남포를 갈 기회가 있으면 한번 그의 무덤을 찾아보리라고 늘 생각하고 있던 것이었다.

여는 처음에는 주검을 존경하는 뜻으로 무덤을 발로 밟지 않고 내려가 보려 하였다. 그러나 무덤과 무덤 사이에 발 하나를 들여놓을 자리가 없는 진남포의 공동묘지에서는 도저히 그러한 재간은 할 수가 없었다. 여는 어떤 무덤 위에 올라섰다.

겨우 해토 때로서 얼었던 흙이 녹아서 여가 올라서는 순간 여의 무게 때문에 발 짚은 곳은 서너 치 쑥 들어갔다. 여는 발을 궁글면서 그다음 무덤의 꼭대기로 건너뛰었다. 무덤은 역시 쑥 들어갔다. 이 무덤 꼭대기에서 저 무덤 꼭대기로 또한 그다음 무덤 꼭대기로 …… 여는 마치 캥거루와 같이 겅중겅중 뛰면서 아래로 아래로 내려갔다. 한 무덤에서 한 무덤으로 건너뛸 때마다 (마음상이 그런지) 여는 발로써 이상한 저항력을 감각하였다. 그것은 결코 흙의 저항력은 아니었다. 목판木板, 공허…… 그것은 마치 기선의 갑판에 내려뛰는 것과 같이 일종의 형용하지 못할 공허를 발로써 감각하였다.

지금 생각하면 그것은 지극히 부도덕한 일이었다. 소재가 분명하지 못한 무덤 하나를 찾느라고 여가 발로써 밟은 수효는 오백으로써 헤지 못할 것이었다. 그리고 여가 밟은 곳은 모두 무덤의 마루인지라 말하자면 죽은 이의 배, 혹은 가슴의 직상直上일 것이었다.

## 1-2

이리하여 한 시간이나 한 덩이의 흙더미를 찾느라고 헤매다가 못 찾고 산마루에 돌아왔을 때에는 벗의 딸의 주검은 벌써 몇 줌의 흙 아래 감추어졌고 미지의 사람을 넓은 구멍에 넣으려고 방금 들어 넣는 때였다.

본시 이런 것에 대하여 공포증이 있는 여는 돌아서 버리려 하였으나 이상한 호기심은 여로 하여금 여의 마음과는 반대로 오히려 두어 걸음 가까이 나아가서 구경하게 하였다.

널은 굵은 바에 걸쳐서 네 사람의 손으로 구멍 아래까지 옮겨다 놓았다. 그때에 여의 눈에 몹쓸 호기심과 함께 불유쾌하게 비친 것은 널에서 흐르는 사수死水였다. 널의 머리쪽이 높아질 때는 밑으로, 밑이 높아질 때는 머리 쪽으로, 사수가 뚝뚝뚝 땅에 떨어졌다. 널 속에는 얼마나 사수가 괴어 있는지 관이 지나간 자리는 마치 물지게 지나간 자리와 같이 역연히 알아볼 수가 있었다. 차차 호기심이 더해진 여는 두어 걸음 더 나섰다. 여와 무덤 구멍과의 거리는 세 걸음이 되지 않도록 가까웠다.

관은 묘혈 속에 들어가기 시작하였다. 그러나 겨냥을 잘못하였던지 들어가던 관은 중도에 걸렸다.

"삽!"

"호미!"

관은 다시 빼내어 묘혈에 가로 걸쳐놓았다. 그리고 구멍을 더 깎았다.

좀 깎아낸 뒤에 관을 다시 넣었다. 그러나 아직 깎아낸 것이 부족하였던지 또 중도에서 걸렸다.

"더 파야 돼."

"그럼 도로 들어낼까?"

"아니, 넉넉할 텐데 어디 눌러봐요. 누르면 들어갈걸."

서로 이런 소리를 주고받던 그 일꾼의 한 사람은 발로써 관 머리를 내리찧었다. 덜컥하니 머리가 땅에 닿는 소리가 났다. 아래쪽도 쿵 하니 구멍 속에 들어가 놓였다.

거기까지 보고 있던 여는 벗들의 재촉에 못 이겨서 그 자리를 떠났다. 대단한 불유쾌와 기괴한 호기심을 남겨둔 채로…….

그날 밤 여는 여관에서 매우 곤하여 저녁상을 물린 뒤에 곧 자리를 펴고 불을 끄고 누웠다. 피곤 때문에 생겨나는 상쾌한 졸음은 여의 온몸을 지배하였다. 차차 잠에 빠져들어 가려 할 때에 여의 머리에는 광막한 벌판이 떠올랐다.

끝없는 벌판과 끝없는 하늘, 어두컴컴한 빛, 상쾌한 음악, 그때였다. 그 광막한 벌판에 문득 난데없는 무덤이 하나 불끈 솟아올랐다. 그것을 군호로써 그 넓은 벌판은 수천만 개의 주먹만큼씩한 새빨간 무덤으로 변해버렸다. 그 위에는 거대한 관이 하나 흐늘흐늘 흔들리고 있었다. 묘혈은 관보다 작았다. 커다란 발이 하나 나타나서 관의 머리를 찼다. 사수의 흐른 자리가 있었다……

여는 스스로 책망을 하고 혀를 차면서 돌아누웠다. 즉 발에서는 아까 무덤 꼭대기에서 꼭대기로 뛰어다닐 때에 받은 그 기괴한 공허를 다시 감각하였다.

아직껏 온몸을 지배하던 졸음은 어디론가 사라져 없어졌다.

그리고 여의 머리를 지배하는 것은 기괴한 광막한 벌판과 문득 생기고 문득 없어지는 수없는 무덤과 흐늘거리는 넋이었다.

여는 이편으로 돌아누웠다. 저편으로 돌아누웠다. 이리로 저리로 돌아누우면서 여는 온갖 망상을 잊어버리려고 애를 썼다.

여는 여의 생애 가운데에서 가장 유쾌했던 일을 생각해보려 하였다.

## 1-3

어느 것이 가장 유쾌하였나? 낚시질? 소년 시기의 산보? 결혼? 동경 시내? 방탕? 지금 유쾌하게 생각나는 것은 하나도 없었다. 그리고 그 추억의 끝은 모두 한결같이 기괴한 망상으로 몰려들었다. 낚시질하는 푸르른 강은 광막한 벌판으로 변하였다. 소년 시기의 산보는 여의 머리를 모란봉 뒤에 있는 묘지로 끌고 갔다. 온갖 생각은 모두가 의논한 것같이 한결같이 여를 또다시 기괴한 망상으로 끌어들였다.

동시에 여의 베개가 차차 불편해지기 비롯하였다. 베개는 왜 얼굴 전면을 괴도록 만들지 않았나. 베개에는 귀가 놓일 자리를 왜 좀 들어가게 하지 않았나. 베개는 모름지기 사람의 머리에 꼭 들어맞게 머리는 좀 낮고 목은 좀 높게 만들어야 할 터인데 사람에게는 그만 눈치도 없다.

또 왜 두 팔은 양옆에 달려서 모로 누워 자기에 이렇게 불편하게 되었나. 팔이 앞뒤에 달렸으면 모로 누워 자기에 오직 편찮겠나.

아홉시가 지났다. 열시도 지났다.

여는 역시 잠을 못 들고 세상의 온갖 것을 저주하면서 이리 돌아누웠다 저리 누웠다 하고 있었다.

열두시도 지났다. 사면은 고요해졌다. 여의 방은 이 여관의 사랑채로서, 넓은 사랑채에 묵고 있는 손은 여 한 사람밖에는 없었다. 이 사실은 여의 마음을 산란하게 하였다. 더구나 (잃어버리지 않기 위하여, 그리고 한편으로는 도적이 온다 할지라도 이 방은 빈방으로 알리기 위하여) 방 안에 들여놓은 여의 구두는 여를 괴롭게 하였다.

그 구두는 여의 머리에서 두 자가 되지 못하는 거리에 놓여 있었다. 그리고 구두는 아까 묘지에서 송장의 가슴 위를 밟고 뛰어다니던 그것이었다. 뿐이랴, 혹은 그때에 흐른 그 사수를 밟았는지도 모를 것이었다. 이것이 생각나면서 여는 얼른 그 구두를 등지고 돌아누웠다. 그때부터 여는 다시는 그 구두 쪽으로 돌아눕지를 못하였다. 그리고 옴짝을 못할 공포 가운데에서 조금씩 조금씩 바지를 향하여 움츠려 들어갔다. 할 수 있는 대로 그 구두와의 거리를 멀리하려 함이었다. 이리하여 새로 한시가 칠 때에는 여는 다리를 기역자로 꺾고야만 누워 있을 만큼 움츠려 들어갔다.

두시도 지났다. 그러나 여는 그냥 잠이 못 들고 인젠 더 움츠려 들어갈 곳은 없으므로 옴짝도 못 하고 누워 있었다. 숨도 크게 못

쉬었다.

마침내 여는 커다란 용기를 냈다. 도저히 더 참을 수가 없었던 것이었다. 여는 벌떡 일어나면서 전등줄을 잡아가지고 불을 켰다. 그리고 목침으로 구두를 윗목으로 밀어놓은 뒤에 가방 속에서 최면제 아달린을 꺼내 극량 이상을 먹은 뒤에 얼른 불을 끄고 다시 누웠다.

이리하여 여는 겨우 잠이 들었다.

여는 그 뒤 때때로 생각하였다. 그때에 무엇이 여의 신경을 그렇듯 자격刺激하였던가고.

죽음? 그것은 그렇듯 무서운 것인가. 그것은 한낱 '정지'로써 간단히 설명해버리면 안 될 것인가?

죽음은 우리의 생활에 얼마나한 가치를 가지고 있는 것인가.

여는 여의 들은 바의 몇 가지를 가지고 기록하여 죽음이 사람의 생활에 무엇과 비교할만한 가치를 가지고 있는지 생각해보고자 한다.

## 1-4

D가 이 일본 사람이 경영하는 여관에 사환 애로 처음 들어왔을

때에는, 그가 열두 살 나는 아직 철없는 시절이었다.

평양에서 오십 리쯤 되는 어떤 촌의 농가의 아홉째 아들로 태어난 그는, 생활을 위하여 어려서부터 제 입은 제가 쳐야만 되는 운명에 붙들렸다. 동리 집 아이 보기에서 면소의 사환 애로…… 여덟 살 적에 벌써 집을 떠나서 제 입 치기 시작한 그는, 열두 살이라 하는 나이는 아직 다른 아이들 같으면 동서를 분간 못 할 나이였건만 D에게는 그런 방면의 지혜는 벌써 넉넉히 있었다.

그는 온갖 것을 탄하지 않고 일하였다.

D가 열아홉 살이 되었다. 그는 사환에서 가쿠히키廓人로 승격하였다.

많은 공상과 꿈으로 보낼 이 좋은 시절도 D에게는 그다지 별한 느낌을 주지 못하였다.

"조선 명물 노에, 조선 인삼 노에……."

늘 이러한 콧소리를 하면서 정거장에 드나드는 것으로 그는 일과를 삼았으며, 그는 그것으로 또한 만족하였다. 공상이라 하는 것은 이 젊은이에게는 아무런 뜻도 가지지 못한 것이었다.

그가 스물한 살이 되었다. 그해 봄, 그 여관에는 아이 보기를 겸한 '어머니'로서 탄실이라는 열여덟 살 된 조선 계집아이가 들어와 있게 되었다.

이 사실은 아직 공상이라는 것을 모르고 스물한 살까지 자란 이 젊은이에게도 심상찮은 마음의 떨림을 일으키게 하였다. 그는 때때로 일하는 탄실이의 무르익은 뒷모양을 바라보고는 몸을 떨고 하였다. 그러나 그뿐이었다. 그 이상 어떻게 할 줄을 몰랐다.

한 달이 지나고 두 달이 지났다.

일본 사람 여관에서 일하는 두 조선 사람, 가쿠히키와 어머니, 두 청춘……

여기는 자연의 결합이 있지 않을 수 없었다. 만약 생기지 않았다 하면 천도가 무심하다.

한 달, 두 달이 지나는 동안에 둘은 어느덧 사랑하는 사이가 되었다. 그들의 천국은 공상이라는 도정을 뽑아 먹고 그들 앞에 나타났다. 그리고 공상이라는 도정을 뽑아 먹느니만치 더욱 맹렬하였다.

주인과 손님들이 잠든 뒤에 두 청춘은 뒤뜰에서 사랑을 속삭였다. 사람들이 보는 데서는 지나가는 길에 슬쩍 몸을 건드려보는 것으로 자기네의 사랑을 나타냈다.

사랑이라 하는 것은 괴상한 물건이었다. 아직껏 달밤의 아름다움을 느껴보지 못한 그들은 서로 사랑을 속삭이기 비롯한 뒤부터는 달밤의 비상한 아름다움에 오히려 몸을 소스라쳤다. 잠든 거리의 아름다움도 뜻하지 않았던 바였다. 만월, 그믐달, 달 없는 하늘, 혹은 폭풍우며 무서운 우렛소리까지라도 사랑하는 두 청춘을 즐겁게 하였으며, 그들의 미감美感의 대상이었으며, 그들의 꿈과 공상의 대상이었다.

아직껏 평범하고 쓸쓸하고 외롭다고 보던 이 세상이란 것의 뜻밖의 아름답고 즐거움에 그들은 경이의 눈을 던졌다.

## 2-1

그러나 하느님은 너무나 공평하셨다. 즐거운 일은 반드시 비극으로 막을 닫히게 지휘하는 하느님이셨다. 탄실이의 배가 차차 부르기 비롯하였다. 두 사람의 눈으로 보면 사랑의 씨, 다른 사람의 눈으로 보면 불의의 씨…… 탄실이의 뱃속에 생겨난 한 개의 생명은 차차 자랐다.

'가법家法을 범한 불의.'

탄실이의 배가 남의 눈에 감추지 못하리만치 커졌을 때 주인에게서 이러한 선고가 내렸다. 이리하여 그들은 그 여관에서 쫓겨나왔다.

그들은 성안에 있는 어떤 조선 사람의 여관에 몸을 던졌다. 객보客報에 적은 '부처'라는 명색이며, 한방에서 거처하고 한 이부자리에서 마음 놓고 자는 것은 그들의 마음에 형용하기 어려운 공포에 가까운 희열을 주었다.

신혼한 부처…… 이러한 명색 아래 그들은 팔다리를 뻗치고 여관에 묵어 있었다.

그러나 그들의 마음은 때때로 예고 없이 엄습하는 괴상한 기분 때문에 전전긍긍하였다.

것은 무엇? 그들은 그것의 정체를 몰랐다. 때때로 '야단'이라고밖에는 형용할 수가 없는 괴상한 기분이 폭풍우와 같이 그들의 마음을 엄습하고 하였다. 서로 웃음을 주고받으며 서로 사랑을 속삭이며 마치 어린애의 각시놀이와 같이 재미있게 지내는 그들도 마음속은 늘 극도로 긴장되어 있었다.

뜻하지 않게 한숨을 쉰 뒤에 그 한숨 쉰 까닭을 말하지 못하여 다투고 반복하였던 일까지 있었다.

그러나 이러한 기분으로 언제까지든지 지낼 수는 없었다. 정체가 분명하지 못하던 괴상한 기분은 차차 구체화하여 그들의 마음에 똑똑하고도 거대한 그림자를 주었다.

공상을 모르고 따라서 '장래'라 하는 것을 모르고 지내던 그들의 앞에 갑자기 '장래'라 하는 괴물이 나타났다. 긴 생애와 (당연히 있어야 할) 가정과 장차 생겨날 여러 개의 자식에게 대한 어버이의 책임이라 하는 것은 결코 그들을 언제까지든지 각시놀음과 같은 공포 속에 묻어두지 않을 것이었다.

그들의 앞에는 어둠이 있었다. 참담히 있었다. 주림과 괴로움이 있었다. 눈물과 부르짖음과 아픔이 있었다. 한 가지의 '권리'를 못 가진 그들의 앞에 천백 가지의 의무와 책임과 어려움이 있었다. 그것과 싸우기에는 그들은 너무 약하였다.

공포와 환락의 현재에 앉아서 암담한 장래를 엿볼 때에 그들은 거기 대하여 일절 이야기하기를 꺼렸다. 할 수만 있으면 생각도 안 하려 하였다. 때때로 몸을 고민하듯이 떨 뿐이었다.

어떤 날 밤 자리 속에서 젊은 아내는 이런 말을 하였다.

"죽으면 속상한 걸 모르갔디?"

남편은 혀를 차고 돌아누웠다.

열두시가 지났다. 한시도 지났다.

남편은 아내가 아직 자지 않는 것을 보고 아내 편으로 돌아누웠다.

"오마니 보구프디 않우?"

아내는 대답 없이 한숨을 쉴 뿐이었다. 그리고 몸을 약간 떨었다.

## 2-2

이튿날 밤 깊어서 여관에서는 두 개의 위독한 생명이 자혜의원으로 실려갔다. 넘치는 정열과 장래에 대한 공포에 위협받은 젊은 남편이 (아내에게 의논조차 없이) 사온 쥐 잡는 약을 아내는 말없이 승인한 것이었다. 그리하여 밤이 들기를 기다려서 그 약을 한 통씩 떡에 발라서 먹은 것이었다.

## 3

D와 탄실이가 묵고 있던 곁방에는 여의 우인友人 일본 사람 I 씨가 묵고 있었다. 그날 저녁 I 씨에게는 손님이 찾아왔다.

곁방에서는 젊은 남녀가 혹은 느끼며 혹은 속살거리는 소리가 끊어졌다 이어졌다 들려왔다.

"곁방에서 저런 소리가 나면 혼자서 주무시기 거북하지 않아요?"

손님은 이런 이야기를 하면서 웃었다. 밤 깊어서 손님이 돌아간 뒤에 I 씨는 자리를 펴고 누웠다. 그리고 곁방에 대한 불쾌와 호기심을 마음에 품은 대로 꿈의 나라로 들어갔다.

새벽 두시쯤 I 씨는 곁방에서 나는 심상찮은 소리에 깼다. 그러나 깨어서 보니 역시 신음하는 소리지 별다른 소리는 아니었다.

I 씨는 그 신음하는 소리에 별한 연상을 해보고 몹시 불유쾌해져 돌아눕고 말았다. 그러나 이 때문에 그의 졸음은 산산이 헤어져 버렸다. 그리고 I 씨의 신경은 차차 날카로워갔다.

신음 소리의 뒤끝에 여인의 토하는 소리가 들렸다. 그리고는 등을 쓸어주는 소리가 들렸다.

뒤를 연하여 사내가 또 토하였다. 사내와 여편네 두 사람의 신음 소리는 차차 커갔다. 그러면서도 사내는 일어나서 걸레로 그 토한 것을 모두 훔쳐서 문을 열고 내다 버리려 뜰로 나갔다.

오분이 지나서야 사내는 돌아왔다. 그리고 맥이 빠졌는지 덜컥 하니 마루에 걸터앉아 숨을 태우는 소리가 들렸다. 그리고는 마루에서 또 토한 사내는 그것을 모두 훔친 뒤에 방 안으로 기어들어가서 털썩 몸을 내던졌다.

'무엇에 체한 모양이군.'

I 씨는 이렇게 판단하고 단잠을 깬 것을 분하게 여기면서 담배를 피웠다.

곁방에서는 남녀의 소곤거리는 소리가 연하여 들렸다. 조선말을 잘 모르는 I 씨는 무슨 이야기를 하는지는 몰랐지만 그 진실한 어조로써 결코 그것은 경박한 이야기가 아닌 것은 짐작할 수가 있었다.

이윽고 사내는 또 토하였다. 이번에는 내장까지 쏟아내는 듯한 소리였다. 킁킁 고민하며 올라 뛰는 소리도 들렸다. 여편네도 또 고민하기 시작하였다. 쿵쿵 쾅쾅 두 남녀는 몸을 올라 뛰면서 고민하였다. 단말마의 부르짖음이 연하여 나왔다.

I 씨는 마침내 혀를 차고 허리띠를 다시 매며 일어났다. 그리고 책망을 하든 의사를 불러주든 하려고 마루로 나가서 곁방 문을

열었다.

아픔 때문에 다른 정신이 없는 두 남녀는 자기네 방에 사람이 들어온 것조차 모르고 고민하다가 몇 번을 어깨를 흔들린 뒤에야 겨우 알았다. 그리고 공중걸이를 하던 몸을 억지로 진정하였다. 그들의 얼굴은 무서운 아픔을 참느라고 밉게까지 되어 있었다. 몸은 와들와들 떨었다. 그리고 사내는 몸을 일으켜서 쓰러질듯 쓰러질듯하면서 걸레를 집어다가 방 안을 또 훔치기 시작하였다.

이때에 I 씨의 눈에 뜨인 것은 몇 개의 쥐 잡는 약의 빈 곽이었다.

'빠가 (바보)……'

I 씨는 허망지망 뛰어나왔다. 그리고 주인을 깨우며 일변 자동차를 부르며 경찰서에 전화를 하며 응급치료를 명하며 하였다.

자동차가 왔다. 두 위독한 생명은 자동차로 자혜의원으로 보냈다.

그러나 자혜의원에 채 도착하기 전에 젊은 아내는 이 세상을 떠났다. 자혜의원에 내리면서 남편도 또한 제 사랑하는 아내 뒤를 따라갔다.

## 4

생활이라 하는 커다란 괴물 앞에는 죽음이란 진실로 가벼운 것이었다. '생활의 공포'와 '정열'에 직면하여 D와 탄실이가 죽음의 길을 취한 것은 우리가 매일 신문지상에서 보는 바로 별로 신기할 것이 없다. 여기서 저기서 비슷비슷한 일이 매일 몇 개씩 일어나는 것을 신문지는 우리에게 보도한다.

D와 탄실이의 죽음에서 오히려 우리가 더 기이하게 느끼는 바는 죽기 순간 전까지 자기의 토한 것을 감추기 위하여 걸레를 들고 방 안을 훔치던 그의 태도였다. 그러면 '체면' 혹은 '체재'라 하는 것은 사람으로 하여금 순간 뒤에 이를 '죽음'까지 잊어버리게 하리만치, '죽음'이라 하는 것은 '체재'나 '체면' 때문에 잊어먹을 만치 그림자가 약하고 가벼운 것인가?

'죽음보다도 강하다.'

이 말은 아직껏 가장 강한 힘을 형용하려고 사람이 만들어낸 형용사였다. 그러나 우리는 여기서 '죽음'보다도 강한 '체재'를 보았다. 그러면 인생에 관한 죽음의 가치란 그렇듯 가벼운 것인가?

여는 어떤 날 이 이야기를 어떤 회석에서 꺼낸 일이 있었다. 그때에 그 회석에 있던 모 씨가 이런 실례를 들어 여의 말에 찬성하였다.

지금은 몇 개의 학교와 기상대가 들어앉았고 저녁때의 평양 시민의 산보 터로 되어 있는 만수대는 삼십 년 전만 해도 소나무 몇 개만 서 있는 무시무시한 언덕이었다. 그리고 그 가운데에는 죄수를 목맸다는 소나무가 있었다.

그 소나무는 여의 어렸을 때에도 그냥 서 있었다. 인과라 할까, 숙명이라 할까. 다른 소나무들은 아직 그냥 청청할 때에 그 소나무만은 벌써 고목이 되어 있었다.

그 소나무가 아직 청청하고 때때로 사형수를 매달던 때의 이야기니까 벌써 삼십 년 이전의 일인 것이었다. 그때에 한창 장난꾸러기의 모 씨는 사형이라도 있는 날은 온갖 일을 제쳐놓고 그 구경을 다녔다.

어떤 날, 강도 셋이 사형을 받게 되었다. 세 명을 끌어다 내다놓고 이날이 마지막 날이라고 친척들이 가져온 술이며 음식을 먹인 뒤에 사형을 집행하게 되었다.

그 소나무에 늘인 바를 향하여 지척지척 가던 죄수의 한 명은 우연히 거기 놓인 돌부리를 찼다. 동시에 신이 벗겨졌다. 죄수는 털썩 주저앉았다. 그리고 몸을 틀어서 그 신을 도로 집어다가 신은 뒤에 다시 일어서서 세 걸음 앞에 있는 바 아래까지 가서 목을 디밀었다. 이리하여 명 아닌 목숨을 거기서 끊었다.

그러면 그 죄수는 신짝이 그렇게 아깝던가? 혹은 관습의 힘이 죽음의 순간 전에도 그로 하여금 주저앉아서 신을 도로 신게 하였는가.

그 어느 방면으로 보든 죽음이라 하는 것이 사람의 생활에 가지고 있는 가치의 그다지 크지 못함이 증명되지 않나.

동리 집에 불이 붙어도 신짝을 미처 못 신고 뛰어나가는 '사람'이, 자기의 신 벗어진 것을 의식하리만치 죽음이란 것은 사람의 생활에 관련이 적은 것인가.

여는 또 한 가지의 죽음의 가치를 생각해보고자 한다.

## 5

전라남도 어떤 고을에 이李라 하는 젊은이가 있었다. 가세도 보잘것없고 문벌도 보잘것없는, 말하자면 생리학이 말하는바 '몸집' 밖에는 아무것도 없는 젊은이였다. 똑똑치는 않으나 그의 할아버지는 백정이란 말까지 있었다.

그는 홀어머니를 모시고 행화杏花 장사로 그날그날 지내고 있었다.

어떤 날, 그것은 늙은이의 마음까지도 다시 젊게 하는 어떤 봄날이었다. 그리고 젊은이의 마음은 더욱 정열과 희망과 공상으로 떨리게 하는 어떤 봄날이었다. 그러한 봄날 저녁 이 젊은 행화 장수는 역시 봄의 향기에 유혹된바 되어 그 동리 뒤에 있는 동산을 일없이 거닐고 있었다. 그리고 눈 아래 벌여 있는 동리를 내려다보면서 그 가운데 같이 '생生'을 즐긴 미지의 많은 처녀들을 머리에 그려 보면서 혼자 기뻐하고 있었다.

그때에 문득 그의 시야 한 편 끝에 알지 못할 분홍빛의 점 하나가 걸핏 지나갔다. 그의 눈은 뜻하지 않게 그리로 향하였다. 그것은 그 동리뿐 아니라 그 근방 일대의 재산가요 세력가인 J○○씨의 집 한 채의 건넌방이었다. 그리고 분홍빛의 점은 쏙 발가벗은 처녀였다. 그의 눈이 그리로 향했을 때에 그 처녀는 벌써 속옷을 입었다. 그리고 앉아서는 버선을 신는 즈음이었다.

그러나 아아, 그 풍만한 육체! 흐드러진 몸집! 무르익은 젖가슴! 기다란 머리!

젊은 행화 장수는 눈알이 앞으로 쏟아져 나올 듯이 뜨고 정신없이 거기를 바라보고 있었다. 처녀는 옷을 다 입고 그 방에서 나와 다른 방으로 사라져 없어졌다.

그날 밤이 깊어서야 젊은 행화 장수는 제집에 돌아왔다. 그는 그때껏 그 동산에서 처녀가 다시 뜰에 나타나는 것을 기다리고 있었던 것이었다.

이튿날도 그는 하루 종일을 그는 그 동산에서 J씨 집 뜰만 내려다보고 있는 것이었다.

그 뒤부터 그는 날만 밝으면 동산에 올라갔다. 그리고 밤이 들어서야 집에 돌아왔다. 얼굴도 똑똑히 못 본 그 처녀는 젊은 행화 장수의 온 마음을 거머쥐었다. 심방에서 자라는 처녀, 뜰 출입조차 꺼리는 아름다운 임을 다시 한 번 볼 기회를 얻어보려고 날마다 날마다 동산에 올라가서 그 집 뜰만 내려다보고 있는 이 젊은 행화 장수는 마침내 애타는 가슴을 억제하지 못하여 병상에 넘어졌다.

그의 병에는 백약이 쓸데가 없었다. 가세가 넉넉지 못한 그로써 고명한 의원은 볼 수가 없었지만 그를 진맥한 의사마다 그의 병에 대하여 제각기 다른 병명을 대고 제각기 다른 약을 주었다.

젊은 행화 장수는 의사가 주는 약마다 다 말없이 받아먹었다. 그러나 제 병에 대하여 가장 확실한 판단을 가지고 있는 이 젊은이는 그러한 모든 약이 아무 쓸데가 없음을 가장 똑똑히 알고 있었다.

마침내 그의 병의 원인은 그의 어머니도 알게 되었다. 정신없이 한 헛소리에 첫 기수幾數를 채고 캐물어서 그 원인을 자백시킨 것이었다.

자식을 사랑하는 부모의 마음은 세상의 그 무엇에 비기지 못할 만큼 큰 것이었다. 어머니는 자기네 집안과 J 씨 집안의 문벌을 비교할만한 이성도 잃었다. 자기 집안의 가세도 잊었다. J 씨 집안의 세력도 잊었다. 자식을 사랑하는 오직 일편단심은 어머니로 하여금 아직껏 오십여 년간을 경험해온 세상의 온갖 관습이며 염치를 잊게 한 것이었다.

어머니는 J 씨 집 하인을 찾아갔다. 그리고 그 집 하인에게 온갖 것을 다 말하고 뒷일을 부탁하였다.

뜻밖에 회답이 며칠 뒤에 이르렀다. 그것은 그 동리에 사는 J 씨 집 하인의 먼 일가 되는 집에서 어느 날 젊은 행화 장수와 처녀를 만나게 하자는 것이었다.

그날 흥분으로 말미암아 들뜬 행화 장수는 새 옷을 갈아입고 그 집을 찾아갔다. 일어날 기운조차 없도록 쇠약한 그였지만 세상에 다시없는 기꺼운 소식은 그로 하여금 없던 힘을 내게 한 것이었다.

그러나 그가 커다란 희망을 품고 이르렀을 때에 뜻밖에 장정 서너 사람이 달려들어서 그를 결박을 해놓았다.

어머니는 집에서 사랑하는 아들의 행복을 위하여 잠이 못 들고 이리 뒤채고 저리 뒤챌 동안 아들은 영문도 모르고 결박을 당하여 어두컴컴한 움에 꾸겨 박혀 있었다.

그날 밤부터 사흘 그는 물 한 모금 못 먹고 결박을 당한 채로 그곳에 박혀 있었다. 그를 결박한 사람들은 그 뒤에는 잊어버렸는지 그의 앞에 얼씬도 안 하였다. 그리고 사흘째 되는 저녁 경찰의 힘으로 그가 구원을 당했을 때 그는 혼수상태에 빠져 있었다.

한 달이 지나서야 그의 몸은 회복되었다. 동시에 이상하게도 몇 달을 두고 애타하며 안타까워하던 그의 마음도 회복되었다.

인위적 죽음이 커다랗게 그의 위에 그림자를 비출 때에 그의 마음에 불붙던 온갖 정열과 사랑은 퇴각을 한 것이었다.

'죽음'은 '사랑'보다도 강하였다.

## 6

사랑은 가장 크다고 옛날의 철인이 우리에게 가르쳤다.

그러나 여기서 죽음으로써 위협을 받고 퇴각한 사랑을 발견할 때에 우리의 생활 가운데 사랑보다도 더 큰 가치를 갖고 있는 '죽음'의 한쪽 면을 볼 수 있다.

우리가 역사를 펼 때에 거기는 죽음으로써 위협을 받고 자기의 온갖 영예나 지위를 내던지고 일생을 굴욕적 생활에 담근 많은 제왕을 발견할 수 있다.

그러면 '죽음'이라 하는 것은 사랑보다도 더 무거운 것인가. 제왕의 기세와 영예와 지위보다도 더 무거운 것인가. 한낱 '체재'보다도 가볍던 '죽음'(조그마한 한 '관습'보다도 가볍던 '죽음'), 그 '죽음'은 또 여기서 사랑보다도 무겁고 '제왕의 권세와 영예'보다도 무거운 한편 면을 우리에게 보여주었다.

그러면 어느 것이 죽음의 참말 '면面'인가.

여는 몇 가지의 '죽음'을 또 나열해보고자 한다.

## 7

여배우 메리는 어떤 날 성냥을 긋다가 불티가 날아드는 바람에 얼굴에 조그마한 상처를 받았다. 유명한 외과의사 몇 사람이 그 상처를 치료하였다. 달포를 문밖에도 안 나가고 메리는 성심을 다하여 상처를 치료받았다. 상처는 조금 빛이 검을 뿐 다 나았다. 메리는 다시금 무대에 나섰다. 그 밤의 연극은 진행되었다. 러브신이었다. 애인 되는 사람은 마리(메리가 분장한)를 부둥켜 안고 뺨에 키스를 하였다.

그때에 문득 메리는 제 뺨에 있던 상처가 생각났다. 화장으로써 그 검은 자리를 감추기는 하였지만 이제 그 키스에 화장이 벗겨지지나 않았나 초조해지기 시작한 그는 연극은 되는 대로 해버리고 들어왔다.

그 뒤부터는 무대에 나설 때마다 그 상처가 마음에 켕겼다. 손님들이 자기를 바라보는 것은 그에게는 뺨의 상처를 보는 것 같아 연극이 되지를 않았다. 거기에 대한 번민이 차차 과하여져 신경쇠약에 걸린 그는 마침내 자살을 하였다.

여기서 우리는 '미모'보다도 가벼운 '죽음'을 보았다.

안은 어떤 조그마한 산촌의 처녀였다. 그는 늘 자기의 미모를 자랑하였다. 그 자만심이 과하여진 그는 자기의 미모로써 도회 사람을 놀라게 할 양으로 도회에 나왔다. 그러나 도회 정거장에 내리는 순간부터 안의 코는 낮아졌다. 정거장에서 그는 자기보다 훨씬 아름다운 얼굴의 소유자를 수없이 본 때문이었다. 거기 대한 번민의 끝에 그는 마침내 자살을 하였다.

여기서 '자존심'보다도 가벼운 '죽음'도 보았다.

병고病苦의 자살, 빈고貧苦의 자살, 공포의 자살, 이런 것은 너무 평범한 일이매 예를 들 것은 없거니와 당연히 사형을 받을만한 죄를 지은 범인이 고문의 품에 참지 못하여 범행을 자백하는 것은 '일시적 고통'보다도 가벼운 '죽음'의 한 면을 보여준다.

제 죽음을 피하기 위하여 사랑하는 자식이나 사랑하는 아내를 죽이는 것은 '본능애'보다도 무거운 '죽음'의 일면도 보여준다.

## 8

그러면 그 어느 것이 죽음의 진실한 '면'인가? 혹은 사랑보다도 무겁고 혹은 체재보다도 가벼운 면을 가지고 있는 '죽음'의, 생활에 대한 진정한 가치는 어느 것인가.

죽음은 신성하다 한다. 그러면 죽음이란 그런 잡된 비교를 허락하지 않고 그런 문제 위에 엄연히 초월해 있는 '범하지 못할 신성체'인가?

죽음이란 풀지 못할 커다란 수수께끼다.